Romantic Passions

George Gordon Lord Byron
Percy Bysshe Shelley
John Keats

지은이

조지 고든 바이런 George Gordon Byron, 1788.1.22~1824.4.19.
자신의 시집에 대한 대중들의 열광에 "어느 날 깨어보니 나 자신이 유명해진 것을 알았다"라고 응답한 바이런은 낭만주의 시대를 군림한 대스타 시인이었다.

P. B. 셸리 Percy Bysshe Shelley, 1792.8.4~1822.7.8.
브라우닝과 예이츠, 영국의 헌장 주의자와 노동운동가들, 마르크스와 버나드 쇼 등의 숭배를 받은 셸리는 매우 열정적이고 급진주의적인 시인 혁명가였다.

존 키츠 John Keats, 1795.10.31~1821.2.23.
빼어난 감각의 언어, 상상 세계와 현실의 팽팽한 긴장미로 "미는 진리요, 진리는 미"라는 독특한 문학관을 구축한 키츠는 셰익스피어에 비견되는 천재 시인이었다.

엮고 옮긴이

김천봉 金天峯, Kim Chun-bong
1969년에 완도에서 태어나 항일의 섬 소안도에서 초·중·고를 졸업하고, 숭실대 영문과에서 학사와 석사, 고려대 대학원에서 박사학위를 받았다. 숭실대와 고려대에서 영시를 가르쳤으며, 19~20세기의 주요 영미 시인들의 시를 우리말로 번역하여 소개하고 있다.『윌리엄 블레이크, 마음을 말하면 세상이 나에게 온다』,『에밀리 디킨슨―나는 무명인! 당신은 누구세요?』,『사라 티즈데일―사랑 노래, 불꽃과 그림자』,『에이미 로웰―이 터질듯한 아름다움』,『W. B. 예이츠―술은 입으로 들어오고 사랑은 눈으로 들어온다』,『월트 휘트먼의 노래』,『D. H. 로렌스―생기의 잔물결』,『영미여성시인선―사랑이 전부는 아니에요』와『워즈워스와 콜리지―서정민요 1805』를 냈다.

소명출판영미시인선 10
바이런, 셸리, 키츠 시선집

낭만적 열정

초판발행　2026년 3월 20일

지은이　조지 고든 바이런·P. B. 셸리·존 키츠
엮고 옮긴이　김천봉

펴낸이　박성모
펴낸곳　소명출판
출판등록　제1998-000017호
주소　서울시 서초구 사임당로14길 15 서광빌딩 2층
전화　02-585-7840
팩스　02-585-7848
이메일　somyungbooks@daum.net
홈페이지　www.somyong.co.kr

ISBN　979-11-7549-049-9 03840
정가　15,000원

소명출판영미시인선 10

바이런, 셸리, 키츠 시선집

낭만적 열정

Romantic Passions

조지 고든 바이런 · P. B. 셸리 · 존 키츠 지음

김천봉 엮고 옮김

조화로운 광희 – 퍼시 비쉬 셸리 093

황금-혀의 로맨스 - 존 키츠　185

즐거운 비애의 이야기

조지 고든 바이런
George Gordon Lord Byron 1788.1.22~1824.4.19.

가난한 바람둥이 귀족 아버지와 스코틀랜드 지주 집안의 상속녀인 어머니 사이에서 태어나, 열 살의 어린 나이에 종조부의 남작 작위와 유산을 물려받은 바이런은 케임브리지 대학교에서 수학하였다. 그는 안쪽으로 휘어진 곤봉 발을 타고났으나 부유한 귀족에 대단한 미남이라서 늘 염문에 휘말렸고 동성애적인 성향도 있어서 미남 시동이 늘 그를 따라다녔다. 크리켓, 검술, 복싱, 승마, 수영에 두루 능했던 바이런은 『해럴드 공자의 순례』(1812~1818)을 출간하고 대중들로부터 열광적인 호응을 얻어서 "어느 날 깨어보니 나 자신이 유명해진 것을 알았다"라는 명언을 남길 정도로 일약 대스타 시인에 올라, 한 시대를 군림하게 되었으며, 영국보다는 유럽대륙에서 더 많은 사랑을 받았다. 도시적이고 신사적인 풍자, 재치, 희화 또는 아이러니 등이 특징적으로 나타나는 바이런의 작품들과 그가 그린 인물들은 훗날 '바이런적 영웅'이라는 문화·문학 용어까지 생겨나게 했으며, 후세의 작가들에게 많은 영향을 주어서, 에밀리 브론테의 히스클리프, 멜빌의 아합 선장, 니체의 자라투스트라처럼, 독특한 초인적 인물들의 탄생으로 이어졌다.

명성

Fame

오, 나에게 이야기 속의 위대한 이름을 들먹이지 마라 —
우리 청춘의 나날이 우리 영광의 나날이요,
향긋한 스물둘의 은매화와 담쟁이덩굴이
몹시도 풍성한 네 월계수 전부의 값어치니까.*

쭈글쭈글한 이마에 화관과 왕관이 다 무슨 소용이랴?
그것은 그저 오월 이슬 흩뿌려진 죽은 꽃일 뿐이다.
그러니 백발 성성한 머리에서 그따위 것은 다 치워라!
겨우 영예만 주는 화환을 내가 거들떠나 보겠느냐!

오, 명성아! — 행여나 내가 너의 칭송에 기뻐했다면,
그것은 너의 드높이 소리치는 찬사 때문이 아니었다.
사랑하는 이의 밝은 눈을 보며, 내가 그녀의 사랑을
받을 만하다고 생각하는지 확인하고 싶었을 따름이다.

---

* 은매화 또는 도금양은 사랑의 여신 비너스에게, 담쟁이덩굴은 술과 환
락의 신 바쿠스에게 성스러운 식물이었고, 월계수는 아폴로 신에게 성
스러운 식물로, 그리스인들에게는 승리 또는 영예의 표시로 월계관이
수여되는 풍습이 있었다.

그래서 너를 얻으려 하였고, 그래서 너를 얻었을 뿐이다.

너를 에워싸는 빛 중에서 그녀의 눈길이 최고였다.

그 눈빛이 내 이야기 속의 밝은 무언가를 반짝 비추는 순간,

나는 그것이 사랑임을 알았고, 그것이 영광임을 느꼈다.

그녀는 아름답게 걷는다
She Walks in Beauty★

그녀는 아름답게 걷는다 — 구름 한 점

  없는 나라, 별 총총한 하늘의 밤같이.

어둡고 밝은 최상의 온갖 것들이

  그녀의 얼굴 그녀의 눈에서 만나,

눈부신 해에게도 하늘이 주지 않는

  저리 부드러운 빛으로 무르익었나 보다.

그늘 하나 많았던들, 빛 하나 적었던들,

  까마귀 같은 머리 타래 온통 물결치며

그녀의 얼굴을 부드러이 밝혀주는

  이름 모를 저 우아미가 반이나 줄었으리 —

고요히 즐거운 생각들이 머물며 너무나

  순수하게, 사랑스럽게 풍기는 그곳에서.

  저리 부드럽고, 저리 고요하면서 웅변적인

★ 바이런이 1814년 6월 11일에 무도회에서 만난 윌모트 부인(Robert John Wilmot)의 아름다움에 반해서 다음 날 아침에 쓴 시로 알려져 있다. 무도회에서 윌모트 부인은 반짝반짝 빛나는 금속으로 화려하게 장식한 검은 상복을 입고 있었다.

저 볼과 저 이마에 깃든
승리에 겨운 미소, 달아오르는 색조만으로도
착하게 보낸 나날, 지상의 만물과
평화로이 지내는 마음, 순수한 사랑을
품은 가슴을 다 얘기해주는 듯하다.

어느 젊은 처녀에게 바친 시

Lines Addressed to a Young Lady

저자가 한 정원에서 권총 사격을 하고 있을 때, 두 처녀가 그 부근을 지나가다가 식식대며 날아가는 총알 소리에 화들짝 놀라는 일이 있었는데, 아래 시는 다음날 그중 한 처녀에게 바친 작품이다.

틀림없이, 고운 소녀여! 식식대는 납덩이가
　매혹적인 그대 위로 파괴의 소리를 울리고,
사랑스러운 머리 위로 요란스레 날아가며
　그 가슴을 사악한 공포로 채웠을 것이오.

필시 어느 질투심 강한 악마의 세력이
　여기서 대단한 미인을 보고는 안달이 나서,
총알의 보이지 않는 경로를 죄어쳐
　애초의 방향에서 틀어버린 것이 확실하오.

맞소! 그 아찔하니 치명적인 순간에,
　총알이 지옥 출생의 앞잡이에게 복종한 거요.
그런데 하늘이, 중간에서 힘을 써서,

가여운 마음에 죽음을 비켜 가게 하였소.

그래도, 아마 한 방울 떨리는 눈물이
  그 부들거리는 가슴에 떨어졌으리.
무의식적인 공포의 원인인, 내가 그 눈물을
  그 반짝이는 방에서 흘리게 했으니

말씀하오, 그대에게 저지른 극악무도한 짓에
  어떤 비참한 참회로 속죄할 수 있겠소?
그대 미美의 권좌 앞에 죄상을 밝히니
  그대여 어떤 형벌을 내리시겠소?

내가 판사의 역할을 한다고 해도
  어떤 선고든 나는 개탄하지 않을 테요.
그렇게라도 그대가 그 전에 품고 있던
  가슴을 되돌려주기를 바랄 따름이오.

내가 할 수 있는 속죄는 너무 하찮아서
  더는 자유롭지 못한 몸이 될 것이오.
그러니, 나는 오직 그대를 위해 숨 쉬고
  그대가 나의 전부가 될 것이오.

하지만 그대가, 혹시, 내 죄에 대한
　그런 속죄방식을 거절할 의향이라면
솔직하게, 다른 방식을 택해 보시겠소?
　사형을 언도하든, 그대의 뜻이면 다 좋소.

그럼, 골라 보시오. 가차 없이! 맹세코
　아무도 그대의 두려운 선고를 못 막을 것이오.
그래도 잠깐만 — 하찮은 말 한마디만 참아주오!
　어떤 선고도 좋으나 부디 추방만은 말아주오.

아름다운 퀘이커교도에게

To a Beautiful Quaker

고운 소녀! 딱 한 번 우린 만났지만

그 만남을 나는 결코 못 잊을 것이오.

설령 우리가 다시는 만나지 못한대도

기억이 당신의 모습을 간직할 것이오.

"사랑한다" 말하지 않아도, 여전히

내 감각들이 내 의지와 분투하나니

가슴에서 당신을 몰아내려 해도 헛일,

내 생각들만 억눌려 쌓일 따름이요.

치솟는 한숨을 막아보려 해도 헛일,

또 다른 한숨이 곧바로 화답하나니.

이것이 혹시 사랑이 아니라 해도

우리의 만남을 나는 절대 잊을 수 없소.

우리는 침묵을 깨뜨리지 않았지만

우리의 눈이 더 달콤한 언어로 얘기했지요.

혀는 알랑대는 거짓에 넘어가서

느끼지도 않은 말들을 해대지요.

허위가 간악한 입술을 나불대어

가슴의 명령들을 침묵시켜버린다고 해도

영혼의 통역사, 두 눈은

그런 속박을 걷어차고 기만을 비웃지요.

그렇게 우리의 눈길은 자주 대화하였고

우리의 두 가슴이 되새기며 느꼈기에

마음속에, 우리를 꾸짖는 영靈은 없었소.

오히려, "우리를 자극한 건 그 영이었소."

사람들의 입소문을 내가 제지한다고 해도

결국 당신도 일부나마 짐작하게 되겠지요.

내 기억이 당신을 떠올리다 보면, 혹시

당신의 기억도 배회하다가 내게 올지 모르기에

어쨌든, 나만이라도 이 말은 전하고 싶소

당신의 모습이 밤에도 낮에도 내내 떠오른다고.

깨어 있으면 나의 공상을 가득 채우고,

잠들면 덧없는 꿈마다 나타나서 미소한다고.

그 환영 덕에 시간이 마법처럼 흘러서

절로 아우로라*의 빛을 저주하게 된다오.

나에게 끝없는 밤을 갈망하게 하는

환희의 잠을 그 광선이 깨뜨려버리니까요.

오! 나의 미래 운명이 어떠하든, 어차피

기쁨 아니면 비애가 내 발길을 기다릴 테니

---

* 아우로라(또는 오로라)는 로마신화에 등장하는 새벽의 여신.

사랑에 끌려서, 격정의 포로가 된 이상,
당신의 모습을 나는 절대 잊을 수 없소.

아아! 이제 다시 우리가 만나지 못한다면
더는 우리의 이전 눈길을 전하지 못한다면,
이 이별의 기도, 내 근심 어린 가슴의
명령이라도 토해내도록 허락해주구려.
"하늘이 나의 사랑스러운 퀘이커교도를 보살펴
고통이 그녀를 넘볼 수 없게 하소서.
평화와 미덕이 그녀를 저버리지 않고
행복이 그녀 가슴의 영원한 벗이 되게 하소서!
오! 행복한 그 사람이 운명적으로
귀하디귀한 인연들과 관계를 맺어
순간순간 새로운 기쁨을 알아가며
연인의 품에 안겨 남편을 잊게 하소서!
그 고운 가슴이, 헛된 후회와 함께,
영혼을 찌르는 불안한 비애를
절감하고도, 결코 잊지 못하는
한 사내의 마음을 모르게 하소서!"

캐롤라인에게

To Caroline

눈물 가득 머금고, 가지 말라 애원하는 당신의
  아름다운 눈을 보고도, 말보다 훨씬 많이
말하는 당신의 숱한 한숨 소리를 듣고도
  내가 흔들리지 않았으리라고 생각하오?

당신의 눈물은 격렬히 고통을 짜냈지만
  사랑도 희망도 이미 무너진 상황이었소.
그러나 임이여, 이 피 흘리는 가슴도 여전히
  당신의 가슴처럼 깊은 슬픔에 아렸소.

다만, 우리의 두 뺨이 고통에 타오르고
  당신의 달콤한 입술이 내 입술을 만났을 때,
나의 눈꺼풀에서 흘러내린 눈물이
  당신 눈에서 떨어진 눈물에 섞여 스러졌을 뿐이오.

당신은 나의 불타는 뺨을 느낄 수 없었소
  당신의 솟구치는 눈물이 그 불길을 꺼버렸기에.
당신의 입도 무슨 말을 해보려 했지만

숱한 한숨으로 겨우 내 이름을 속삭였을 뿐이오.

하지만 임이여, 서로 울어봤자 소용없소
  한숨 쉬며 우리의 운명을 한탄해도 소용없소.
기억만이 남을 수 있겠지만
  그마저도 우리를 더욱 눈물 나게 하리니.

다시 한번, 최고의 연인이여, 안녕!
  아아! 가능하면, 슬픔을 이겨내기를,
당신의 마음이 지나간 기쁨을 떠올리지 않고
  우리의 유일한 희망이듯, 다 잊기를!

엠.에스.지.에게
To M.S.G.*

당신의 그 입술을 볼 때마다

그 색조가 나의 뜨거운 키스를 부른다오.

하지만 그 신성한 축복을 포기하겠소

아아! 그게 ― 신성모독의 축복인 듯이.

그 순결한 가슴을 꿈꿀 때마다

어찌나 나는 그 눈밭에서 쉬고 싶은지!

하지만 그 대담한 소원도 억누르겠소

그 때문에 ― 그 가슴의 휴식을 내쫓을까 봐.

영혼을 찾는 당신의 눈길 한 번에

희망이 들뜨고, 두려움에 낙심한다오.

하지만 나의 사랑을 숨기겠소 ― 왜냐고요?

나는 고통의 눈물을 짜고 싶지 않소.

---

* 엠.에스.지("M. S. G.")는 이름 대신 쓴 것으로, 원제목은 「지.지.비가 이.피.에게」("G. G. B. to E. P.")였다. 즉, 조지 고든 바이런(G. G. B.)이 사랑했던 엘리자베스 피곳(E. P. : Elizabeth Pigot)에게 보낸 연애편지 형식의 작품이다.

나의 사랑을 결코 말한 적 없으나, 당신은
나의 열렬한 격정을 너무 잘 알아보았지요.
그렇다고 내가 당장 나의 열정을 내세워서
당신 가슴의 천국을 지옥으로 만들겠소?

절대로! 당신은 절대 내 사람이 될 수 없기에
사제의 선언으로 결합 될 수 없으니까요.
그런 거룩한 결속이 아니면 어떤 연분으로도
당신은 결코 내 사람, 내 사랑이 되지 못할 테니까요.

그러니 그 은밀한 불이 다 타도록
그게 다 타도록, 당신이 모르게 하겠소.
그 죄스러운 백열을 발산하느니
기꺼이 내가 확실한 숙명을 사고 말겠소.

나의 괴로운 가슴을 달래려고 당신의 가슴에서
비둘기-눈의 평화를 몰아내지 않겠소.
그런 격통을 주느니 차라리
내가 염치없는 생각을 모조리 버리겠소.

좋소! 그 입술을 주시오. 그 입술을 위해서라면
당장 감히 말로 다 못 할 만큼 담대해져서

당신의 순결과 나의 순결을 구하겠소 —
내가 당장 당신에게 마지막 작별을 고하겠소.

좋소! 그 가슴을 주시오. 절망을 청할지언정
더는 당신의 포근한 포옹을 바라지 않겠소.
그 포옹만 받아도, 내 영혼이 모든, 모든
비난을 감수하겠소, 당신의 불명예만 빼고.

적어도 죄책감에서 당신은 자유로울 것이오.
어떤 부인도 당신의 수치심을 탓하지 못할 것이오.
설령 치유할 수 없는 격통이 나를 잡아먹더라도
당신이 사랑의 순교자가 되지는 않을 것이오.

음악을 위한 시

미美의 딸 중에 당신 같은
  마법의 소유자는 없으리.
당신의 고운 목소리가 내게는
  바다에 떠 있는 음악 같으니.
그럴 때면, 마치 그 소리에
마법 걸린 대양이 잠시 멎은 듯,
물결도 잔잔해져서 반짝거리고
잠잠해진 바람도 꿈을 꾸나니.

한밤의 달이 밝은 빛 사슬을
  엮어서 심연을 휘덮으면,
심연이 잠든 아기처럼
  조용히 가슴을 부풀리듯이.
영혼도 당신 앞에 고개 숙이고
귀여겨들으며 당신을 흠모하나니,
벅차지만 차분한 감동에
부푸는 여름 대양의 놀처럼.

내 영혼이 어둡다

My Soul Is Dark

내 영혼이 어둡다 — 오! 어서 하프를
  타다오, 내가 듣고 견딜 수 있게
너의 부드러운 손가락으로 내 귀에
  애간장 녹이는 소리를 흩뿌려다오.
이 가슴에 귀한 희망이 숨어 있다면
  그 소리가 매혹해서 다시 불러내겠지.
이 두 눈에 눈물이 숨어 있다면
  흘러나와서, 불타는 나의 뇌를 꺼주겠지.

그러나 우선 기쁨의 곡조가 아니라
  거칠고 격한 선율을 들려다오.
정말이다 가인아, 나는 울어야 해,
  안 그러면 이 무거운 가슴이 터지겠다.
가슴이 내내 슬픔을 먹고 자라며
  오랜 불면의 침묵에 젖어 앓았나니.
당장 최악의 운명을 깨닫고, 즉시
  부서지거나 — 노랫가락에라도 빠져야겠다.

우는 당신을 보았소

우는 당신을 보았소 — 커다란 밝은 눈물이

　그 푸른 눈에서 넘쳐흘렀지요.

문득 그 모습이 꼭 이슬방울 떨구는

　제비꽃 같다는 생각이 들었소.

　미소하는 당신을 보았소 — 사파이어도

　당신 곁에서 빛을 잃고 말았소.

당신의 그 눈길에 가득 들어차

　살아있는 빛살들을 당해낼 수 없었지요.

구름이 저기 저 태양에서

　깊고 그윽한 색조를 받으면

밀려오는 저녁의 그림자도

　하늘에서 그 색조를 지우지 못하듯이,

당신의 미소는 몹시 우울한 마음에

　저만의 순수한 기쁨을 나눠주고

그 미소 햇살은 환한 기운을 뒤에 남겨

　가슴을 두루 밝혀주지요.

아테네 소녀야, 우리 이별하기 전에
Maid of Athens, Ere We Part

아테네 소녀야, 우리 이별하기 전에
돌려다오. 오, 내 심장을 내게 돌려다오!
아니, 그 심장은 이미 내 가슴을 떠났으니
이제 그걸 간직하고, 그 나머지도 받아다오!
　나의 생명, 너를 사랑하나니.

에게해의 바람이 구애할 때마다
나부끼는 그 치렁치렁한 머리칼에 걸고
네 보드라운 뺨의 꽃 같은 색조에
키스하는 까만 테두리의 그 눈꺼풀에 걸고
그 노루처럼 사나운 눈에 걸고서
　나의 생명, 너를 사랑하나니.

내가 간절히 맛보고 싶은 그 입술에 걸고
그 띠에-둘러싸인 허리에 걸고서
말이 결코 말할 수 없는 것을 아주 잘
알려주는 모든 징표-꽃들을 걸고
사랑의 엇갈리는 기쁨과 슬픔에 걸고서

나의 생명, 너를 사랑하나니.

아테네 소녀야! 나는 가나니.
홀로라도, 나를 생각해다오, 고운 소녀야!
나는 이스탄불로 훌쩍 떠나지만
아테네가 나의 가슴과 영혼을 품고 있나니.
내가 너를 그만 사랑할 수 있을까? 아니다!
　나의 생명, 너를 사랑하나니.

아테네 소녀야! 나는 가나니.

이별할 때

On Parting

사랑하는 소녀여! 당신의 입술이 남긴 키스는

절대 나의 입술을 떠나지 않을 것이요

더 행복한 시간들이 그 선물을

더럽히지 않고 당신의 입술에 되돌려줄 때까지.

애틋하게 빛나는 당신의 이별 눈길이

그에 합당한 사랑을 만나기를 바라오

당신의 눈꺼풀에서 흘러내리는 눈물이

아무리 한탄해도 내 마음은 바뀌지 않을 테니.

홀로라도 바라보는 축복을

나에게 내려달라고 청하지 않고

온통 당신 생각뿐인 가슴에

품을 기념물을 달라고 청하지도 않겠소.

내가 쓸 필요도 없소 — 나의 펜이

이중으로 나약했다는 얘기를 전하려고.

오! 헛된 말들이 무슨 소용이 있겠소

가슴이 말할 수 없다면?

낮이든 밤이든, 행복하든 불행하든,
그 가슴은 더 이상 자유롭지 못해서,
그것이 보여줄 수 없는 사랑을 견디며
조용히 당신을 갈망해야만 할 텐데.

우리 둘이 이별하던 날

When We Two Parted

말없이 눈물 흘리며
  거의 실연당한 양
오랜 이별일 듯싶어서
  당신의 볼은 파리해져 차갑고
당신의 키스는 더 차가웠소.
  정녕 그 시간이 이리될
슬픔의 예고였던 것을.

그날 아침 이슬이
  내 이마에 으스스 내렸소 —
그마저도 지금 내 감정의
  경고처럼 느껴졌던 것을.
당신의 맹세들이 다 깨졌으니
  당신의 명성 가볍기도 하구려.
당신의 이름이 거론되는 소리에
  부끄러운 것은 나도 마찬가지요.

내 앞에서 당신의 이름을 부르는 소리

내 귀에는 조종 소리 같아서

몸서리가 나의 온몸을 휩쓰는데 —

당신이 왜 그리 사랑스러웠을까?

내가 당신을 알았는지 그들은 모르지요

나는 당신을 무척이나 잘 알았건만.

오래, 오래 나는 당신을 슬퍼하겠지요

너무 깊어서 말도 못 하고.

은밀히 우리는 만났소 —

조용히 나는 슬퍼하오

당신의 가슴이 잊을 수 있다는 것을,

당신의 영혼이 속일 수 있다는 것을.

오랜 세월이 지난 후에

혹시 당신을 만나면

내가 어떻게 당신을 맞아야 할까? —

침묵과 눈물로.

떠올리게 하지 마오,
떠올리게 하지 마오

Remind Me Not, Remind Me Not

떠올리게 하지 마오, 떠올리게 하지 마오

그 소중했던, 그 사라져버린 시절,

내 영혼을 모두 당신에게 바쳤던 때,

절대 잊히지 않을 그 시절을,

시간이 우리의 활력을 빼앗아서

당신과 내가 존재하지 않을 때까지.

내가 잊을 수 있겠소, 당신은 잊을 수 있소?

당신의 금빛 머리칼을 만지작거릴 때면

당신의 두근대는 가슴이 얼마나 빨리 뛰었소?

오! 맹세코, 아직도 당신이 눈에 선하오

몹시 나른한 두 눈, 아주 고운 가슴에

고요히, 사랑의 숨결을 내뱉는 두 입술.

그래서 내 가슴에 기대고 있을 때면

그 두 눈이 다시 아주 달콤하게 흘겨보며

책망하는 듯하면서 욕망을 일깨워서

더한층 우리는 가까이 더 가까이 껴안고
더한층 우리의 달아오르는 입술이 마주치곤 했지
마치 키스하다가 숨을 거두고 말 것처럼.

그러다가 그 수심 어린 두 눈이 닫히며
두 눈꺼풀이 저마다 짝을 찾아서
그 밑의 하늘색 눈망울들을 휘덮으면,
그 사이에 그 긴 속눈썹의 거뭇한 윤기가
마치 갈가마귀의 깃털이 눈밭을 쓰다듬듯
당신의 눈부신 뺨을 훔치는 듯했지.

간밤에 우리의 사랑이 돌아오는 꿈을 꾸었소.
그런데, 솔직히 말해서, 바로 그 꿈의
환상에 젖어 있는 게 더 달콤하였소
당신 같은 빛을 발산하지 못하는 눈들,
다른 가슴들 때문에 내가 불타올라
황홀을 미칠 듯이 실감하는 것보다도.

그러니 내게 말하지 마오, 떠올리게 하지 마오
영원히 가 버렸지만, 여전히
즐거운 꿈을 복원할 수 있는 시절을,
당신과 내가 다 잊히고

무감해져서, 마치 썩어가는 돌처럼

우리가 더는 존재하지 않는다고 일러줄 때까지.

우리 더는 방황하지 않으리
So We'll Go No More A-Roving★

우리 더는 방황하지 않으리
  그렇게 밤늦게까지,
가슴에 아직 사랑이 그득하고
  달빛이 아직 밝게 빛나더라도.

칼은 칼집을 닳게 하고
  영혼은 가슴을 지치게 해서,
심장도 잠시 숨을 돌리고
  사랑 자신도 쉬어야 하나니.

밤은 사랑을 위해 창조되었고
  낮은 너무 빨리 돌아오지만,
우리 더는 방황하지 않으리
  달빛 곁에서.

★ 베니스에서 광란의 축제를 즐긴 후에 지은 시로, 바이런이 아일랜드 시
  인 토머스 무어(Thomas Moore, 1779~1852)에게 보낸 1817년 2월 28일
  편지에 동봉되어 있었다.

희망이 행복이라고 말들 하지만

They Say That Hope Is Happiness

희망이 행복이라고 말들 하지만
　진정한 사랑도 과거를 귀하게 여기기에,
기억이 축복하는 생각들을 일깨운다.
　처음 떠올라 — 마지막에 지고 만 생각들.

기억이 제일 사랑하는 것이 모두
　한때는 우리의 유일한 희망이었고,
희망이 흠모하다가 잃어버린 것이 모두
　기억으로 녹아들었으니.

아아! 그 모두가 환상일 뿐이다.
　미래도 멀리서 우리를 속이기에,
우리는 기억하는 무엇이 되지 못하고
　지금의 우리를 기억하지도 못하나니.

한 개에게 바치는 비문
Epitaph to a Dog★

바로 이 부근에

아름다웠으되 자만하지 않고,

힘을 지녔으되 거만하지 않으며,

용기를 지녔으되 잔인하지 않고,

인덕을 두루 갖췄으되 사악하지 않았던

한 존재의 유해가 묻혀있다.

이 찬사가 사람의 유골 위에 새겨졌다면

한낱 무의미한 치렛말에 불과하겠지만,

1803년 5월 뉴펀들랜드에서 태어나

1808년 11월 18일 뉴스테드에서 사망한

개, 보우슨의

추모에는 단연코 정당한 찬사일 따름이다.

★ 바이런은 동굴애호가로, 특히 '갑판장'을 뜻하는 보우슨(Boatswain)이라는 이름의 뉴펀들랜드 개를 애지중지했다. 이 개가 광견병에 걸렸을 때도 전염을 무릅쓰고 극진히 간호하였고, 죽은 후에는 바이런 일가의 저택 뉴스테드 애비(Newstead Abbey)에 따로 묘지를 마련해서 묻어주고, 장편의 비문을 새긴 기념비까지 세워주었다. 이 개의 기념비가 훗날 주인이었던 바이런의 기념비보다 더 크다. 이 작품은 이 보우슨의 기념비에 새겨진 시다.

오만한 사람의 아들이 흙으로 돌아갈 때
알려진 명예가 없으면, 그저 출신을 떠받들어,
조각가의 기교로 비애의 장관을 아낌없이 담아
전설로 꾸민 납골단지가 지하에서 쉬는 이를 기린다.
다 끝장났을 때, 무덤 위에 그 사람의 과거 행적들이
아니라, 그에게 아쉬웠던 바람들이 드러나는 것이다.
그러나 이 가련한 개는 살아생전에 가장 견실한 친구
제일 먼저 반겨주고 앞장서서 지켜준 벗으로서,
그의 정직한 가슴은 한결같이 주인의 마음과 같아서
오로지 그를 위해 애쓰고 싸우고 살아 숨 쉬다가
쓰러져서 하늘나라에 갔건만, 명예도, 온갖 진가도
간과된 채, 지상에서 간직한 영혼마저 거부당했다 —
그런데도 우쭐거리는 벌레! 인간은 용서받기를 바라고
자기만이 오로지 천국의 주인이라고 자청하나니.

오 인간이여! 너희는 그저 한순간을 빌린 나약한 존재,
굴종으로 타락하거나 권력으로 부패한 존재일 따름이다 —
너희를 잘 아는 분도 혐오감에 너희를 버리고 말리라
살아 있는 흙의 타락한 덩어리들이여!
너희의 사랑은 욕정, 너희의 우정은 온통 기만,
너희의 혀는 위선, 너희의 말들은 사기일 따름이다!

비열한 천성을 타고나서, 이름만 고귀한 너희에게
뭇짐승이 부끄러워서라도 얼굴 좀 붉히라고 할 판이다.
혹시라도 이 소박한 납골단지를 보게 될 너희야,
　그냥 지나가라 — 너희가 애도하고 싶은 누군가가 아
니라,
　한 친구의 유해를 표하고자 이 비석을 세웠으니.
　내가 알고 지낸 유일한 벗 — 그가 여기에 묻혀 있나니.

암흑

Darkness*

나는 꿈을 꾸었다. 그런데 그것은 꿈이 아니었다.

밝은 태양이 꺼지고, 별들이

빛도 없고 길도 없는 영원한 우주의

어둠 속에서 배회하고, 얼음 지구가

달 없는 허공에서 마구 흔들리며 까맣게 변하고 있

었다.

　아침이 왔다가 갔고 ─ 또 왔지만, 낮은 오지 않았고

사람들은 이 폐허의 공포에 사로잡혀

열정을 잊어버렸다. 모든 이의 심장이

식어서 빛을 구하는 이기적인 기도로 응결되었다.

　이내 그들은 모닥불로 살아갔다 ─ 왕좌,

　왕관 쓴 왕의 궁전들 ─ 오두막들,

살아 있는 만물의 거주지들이

횃불의 땔감으로 태워졌다. 도시들이 불태워졌고,

─────────

*　이 「암흑」("Darkness")은 1816년 7월에 지은 시로, 그해는 '여름이 없는 해'로 알려져 있었다. 1815년에 네덜란드령 동인도지역의 탐보라산이 폭발하여, 거기서 분출된 화산재가 대기로 상승해서 해를 차단하고 아메리카 대륙 북동부와 북부 유럽 대부분 지역에 이상기후를 유발했는데, 이 어둠의 장막에서 영감을 얻어서 쓴 시가 「암흑」으로, 지구의 종말과 관련한 묵시록적 비전이 일품이다.

사람들이 서로의 얼굴을 한 번이라도 더 보려고
자신의 타오르는 집 주위에 모여들었다.
화산의 눈, 그 산의 횃불이 비치는
거리 내에서 살던 자들은 오히려 행복했다.
어떤 무서운 희망을 온 세상이 품고 있었다.
 온 숲에 불이 지펴졌다 ─ 그러나 시간이 흐르면서
 불길들도 스러져 희미해졌다 ─ 우두둑거리던 나무줄기들이
 쿵 소리를 내며 꺼져버렸고 ─ 온 세상이 새까맸다.
사람들의 이마가, 발작하듯 확 타오른
그 불길들에 쏘여서, 절망적인 빛깔의
섬뜩한 표정을 띠고 있었다. 일부는 엎어져서
눈을 가린 채 울었고, 또 일부는
움켜쥔 두 손에 턱을 괴고 생글거렸다.
또 일부는 허둥지둥 왔다 갔다 하다가
자신의 장례식 장작더미에 연료를 공급하고
미친 듯이 동요하며 음울한 하늘,
지난 세상의 장막을 쳐다보다가, 다시
저주를 퍼부으며 땅 위에 풀썩 쓰러져
이를 갈며 으르렁거렸다. 야생의 새들이 비명치고
겁에 질려, 땅 위에서 퍼덕이며
헛된 날갯짓을 해댔다. 아주 난폭한 짐승들마저

유순해져서 바들바들 떨고, 살무사들이

기어 다니다가 무리를 지어서 서로 뒤얽힌 채

 쉭쉭거렸으나, 독니가 없어서 ― 식용으로 살해되었다.

그리고 전쟁이 얼마간 잠잠하나 싶더니

다시 차고 넘쳤다. 한 끼 식사가

피로 구입되었고, 각 나라가 부루퉁하게 갈라져서

어둠 속에서 자기 살만 불렸다. 사랑은 남아 있지 않

았다.

 온 대지가 한 생각뿐이었다 ― 그것은 즉각적이고

수치스러운 죽음이었다. 이윽고 기아의 격통이

 온 내장을 갉아 먹었다 ― 사람들이 죽었고,

그들의 살은 물론 뼈를 덮는 무덤도 없었다.

궁핍한 자들이 궁핍한 자들에게 잡아먹혔고,

개들도 자기 주인을 맹공격했다. 딱 한 마리만 예외

였는데,

그 개는 한 시체를 충실히 지키며, 새와 짐승들과

굶주린 사람들이 다가오지 못하게 막았다

굶주림이 그들에게 달라붙거나, 쿵 쓰러지는 시체의

소리가

그들의 여윈 턱을 유인할 때까지. 그 개 자신은 아무

먹이도

찾지 않은 채, 애처롭게 하염없이 신음하며

애무에도 전혀 호응하지 않는 손을 핥다가
 외마디 황량한 울음소리를 내뱉고 — 죽었다.
사람들이 대부분 서서히 아사하고
한 거대도시에서 겨우 둘만 살아남았는데,
둘은 서로 적이었다. 그들은 한 제단의
꺼져가는 깜부기불 가에서 만났다.
그곳은 불경한 용도로 쓰려고 성물들을
쌓아놓은 곳이었다. 둘은 불을 쑤석거렸고,
와들와들 떨면서 뼈만 앙상한 차가운 손으로
희미한 잿불을 긁어모아, 하찮은 목숨을 부지하고자
희미한 숨을 내뱉어서 불꽃을 살려냈으나
헛헛한 웃음거리에 지나지 않았다. 그 불꽃이
밝아지자 둘은 눈을 치켜들었고, 이내 서로의
 얼굴을 보았다 — 보고는 비명을 지르고 죽었다 —
서로의 소름 끼치는 몰골 때문에 죽은 것이었다.
기아가 둘의 이마에 악령을 새겨놓아서 상대방이
누군지도 몰랐다. 세계가 텅 비었다.
민중과 권력자들이 모두 한 덩이였다.
 계절도 풀도 나무도 사람도 어떤 생명체도 없는 —
 죽음의 한 덩어리 — 딱딱한 흙의 카오스.
강, 호수와 대양이 일시에 정지하였고,
그 고요한 심연들에서도 아무런 움직임이 없었다.

배들도 선원 하나 없이 바다 위에서 썩었고,

돛대들도 조각조각 무너져 내렸다. 그리 쓰러져서

 파도 하나 없는 심연 위에서 잠을 잤다 —

파도들이 죽고, 조수도 자신의 무덤에 갇혔다.

그들의 주인이었던 달도 이미 꺼지고 없었다.

바람들도 정체된 대기에서 시들어 죽고,

구름도 사라져버렸다. 암흑은 그들의 도움이

 필요 없었다 — 암흑 자신이 바로 우주였다.

고국에서 싸울 자유가 없는 사내에게

When a Man Hath No Freedom to Fight for at Home

고국에서 싸울 자유가 없는 사내에게

이웃 나라의 자유를 위해 투쟁하게 하라.

그리스와 로마의 영광을 생각하며

머리가 터지도록 분투하게 하라.

인류를 이롭게 하는 것은 기사도적 대의이기에

언제나 고결하게 보상받는다.

그러니 어디에서든 자유를 위해 싸우라

사살되거나 처형되지 않으면 기사로 추대되리라.

세스토스에서 아비도스까지
수영 후에 지은 시
Written After Swimming from Sestos to Abydos★

정말로, 음산한 십이월에

리앤더가 밤마다 너의 해류,

드넓은 헬레스폰트를 건너곤 했더냐!

(그 이야기를 기억하지 못할 처녀가 있으랴?)

정말로, 겨울 폭풍우가 으르렁거릴 때

리앤더가 헤로에게 기꺼이 갔고,

옛날에도 네 조류가 저렇게 세찼다면,

고운 비너스여! 둘 다 너무 가엾구려!

나야, 타락한 현대의 비열한 사내로,

온화한 달 오월에

★ 유럽과 아시아 사이에 있는 헬레스폰트 해협(지금의 다르다넬스 해협)
을 수영으로 건넌 바이런의 경험과 그리스의 전설에 등장하는 두 연인
의 안타까운 사랑 이야기를 바탕으로 쓴 시다. 그리스 전설에 따르면,
아비도스(아시아 쪽)의 젊은이 리앤더(레안드로스)는 밤마다 헤엄을
쳐서 세스토스(유럽 쪽)로 건너가, 비너스 여신의 여자 신관 헤로를 만
나곤 했는데, 폭풍이 몰아치는 어느 날 애인을 만나러 가다가 익사하였
다. 바이런은 1810년 5월 3일에 에켄헤드라는 젊은이와 함께 헤엄을 쳐
서 이 해협을 건넜다.

물방울 듣는 팔다리를 힘없이 뻗고,
오늘 위업을 이루었다고 여기지만.

그러나 그는, 의심스러운 전설에 따르면,
구애하려고 그 빠른 조류를
가로질러 — 나머지는 주님만이 알겠지 —
사랑을 위해 헤엄쳤고, 나는 영광을 위해 그랬으니.

누가 더 나았다고 말하기는 어려우리라.
슬픈 인간들! 이렇게 신들이 여전히 너희를 괴롭히
나니!
그는 노고를, 나는 익살을 잃어버렸다.
그는 익사하였고, 나는 오한에 걸렸기에.

시용 성에 바치는 소네트

Sonnet on Chillon

사슬 벗은 마음의 영원한 정신!

　지하 감옥에서도 밝고 밝구나, 자유여!

　거기에서도 너의 집은 심장이기 때문이다 —

너에 대한 사랑만이 묶을 수 있는 심장.

그래서 너의 자식들이 족쇄에 — 족쇄에 묶여

　축축한 지하 감옥 햇살 없는 어둠에 갇힐 때도,

　그네 조국은 그들의 순교로 승리하고

해방의 명성이 날개 달고 만방으로 퍼지나니.

시용! 너의 감옥은 성스러운 장소,

　너의 슬픈 마루는 제단 — 너의

차가운 돌바닥이 마치 잔디밭인 양,

　숱한 발걸음에 닳아서 자국이 남을 만큼

보니바르가 밟았나니!* — 그 자국들을 지우지 않기를!

———

* 시용성(Château de Chillon)은 이탈리아에서 알프스를 넘어오는 상인들에게 통행세를 징수하고 도로를 차단할 목적으로 9세기에 세워진 성(중세시대에 재건)이다. 제네바의 종교지도자 프랑스와 보니바르(François Bonivard or Bonnivard, 1493~1570)가 쇠사슬에 묶여 지하 감옥에서 4년의 옥고를 치른 데라서 '보니바르의 감옥'으로 불린다. 바이런은 이런 역사적 사실을 바탕으로 이 소네트와 장편 『시용성의 죄수』(The Prisoner of Chillon, 1816)를 지었고, 성의 한 기둥에 바이런의 이름이 조각되어 있다.

폭정에 맞서 신께 간원 하는 자국들이니.

몰타에서 방명록에 남긴 시

Lines Written in an Album, at Malta*

차가운 묘비에 새겨진 어떤 이름이
　지나가는 사람의 눈길을 끌듯,
당신이 홀로 이 지면을 보게 되는 날
　나의 이름도 그 수심 어린 눈을 붙들기를.

그리하여 당신이 그 이름을 읽는 날,
　몇 년이 지나갔든,
죽은 사람 대하듯 나를 되돌아보며
　내 가슴이 여기 묻혀 있다고 생각해주기를.

1809년 9월 14일.

---

* 몰타는 지중해에 있는 섬(공화국).

토머스 무어에게

To Thomas Moore★

나의 작은 배는 해변에 묶여 있고
　나의 돛배는 바다에 떠 있네.
하지만 떠나기 전에, 톰 무어,
　자네의 건강을 거듭 기원하네!

나를 사랑하는 이들에게는 한숨을,
　나를 미워하는 이들에겐 미소를 보내네.
내가 어떤 하늘을 이고 살아가든
　모든 운명을 달갑게 맞이하려네.

대양이 사방에서 으르렁대지만
　그것이 또 나를 실어다 주고,
사막이 나를 에워싸겠지만
　거기에도 샘은 있기 마련이네.

★　토머스 무어(Thomas Moore, 1779~1852)는 아일랜드 출신의 영국 시인
으로 바이런과 돈독한 우정을 나눈 사이였다. '술과 연애의 시인'이라는
별명에 걸맞게 서정적이고 음악적인 시를 많이 썼으며, 바이런에 관한
전기도 남겼다.

우물에 마지막 물방울이라도 남아 있다면,
　숨이 막혀 죽어가면서도
나의 아찔한 정신을 놓기 전에
　자네를 위해 그 물을 마시겠네.

이 포도주 대신에, 그 물을
　헌주 삼아 부어주며
부디 — 자네와 내가 평안하기를,
　톰 무어, 자네가 건강하기를 빌겠네.

잘 있어라
Adieu★

"잘 있어라, 잘 있어! 나의 고국 해안이

　푸른 물결 너머로 흐릿해져 간다.

밤바람이 한숨 쉬고, 파도 소리 거세고,

　야생 바다 갈매기가 비명을 지른다.

바다에 지는 저기 저 해

　우리는 그의 비행을 따라가리니

해에게도 너에게도 잠시만 안녕,

　나의 고국 땅아 ─ 잘 있어라!"

"짧은 몇 시간이면 해가 떠올라

　새로운 내일을 낳고,

나는 반갑게 태양과 하늘을 맞이하리라

　그러나 나의 어머니 땅은 없으리.

나의 멋진 집은 쓸쓸하고

★　이 「잘 있어라」부터 「이네즈에게」, 「레만 호수」, 「별들이여」와 「대양」까지, 바이런의 시집 『해럴드 공자의 순례』(*Childe Harold's Pilgrimage*)에서 일부를 발췌하여 번역한 시편들이다. 차일드(Childe)는 중세시대에 소년들에게 작위 대신 내린 칭호로, 우리의 역사에 대비해 보면, 조선 시대 양반가의 도령 또는 도련님과 비슷하다. 해럴드 공자는 귀족 출신이었던 바이런 자신 또는 그의 분신이다.

벽난로도 황량하리라.
야생 잡초가 모여들어 담을 타오르고
　나의 개는 대문에서 짖어대리라."

"이리 오려무나 이리, 나의 어린 시동아!
　왜 그리 울고불고하는 것이냐?
사나운 파도 소리가 두려운 것이냐
　질풍 소리에 놀라서 떠는 것이냐?
어서 그 눈물방울을 닦아내거라
　우리 배는 빠르고 튼튼하니.
가장 날쌘 매도 이보다
　즐겁게 날아갈 수는 없으니."

"바람 거세게, 파도 드높이 치라지요
　파도도 바람도 두렵지 않으니까요.
그래도 이상하게 여기진 마세요, 도련님,
　저의 마음이 슬프다고 해서요.
아버지를 떠나왔고, 사랑하는
　어머니마저 떠나온 저에게는
이 바람과 파도뿐, 친구 하나 없이,
　도련님과 ― 저 위의 한 분뿐이니까요.

아버지는 저를 열렬히 축복할 뿐
　그리 우는 소리는 내지 않았죠.
하지만 어머니는 아프게 탄식할 거예요
　제가 다시 돌아갈 때까지요.” ―
“그만하면 됐다, 됐어, 이 녀석아!
　그런 눈물은 너의 눈에나 어울리지
내가 그리 순진한 가슴을 지녔다면
　나의 눈도 마르지 않았을 것이다.

이리 오게, 이리, 나의 충실한 시종
　자네는 또 왜 그리 창백한가?
프랑스 적병이 두려운 것인가?
　아니면 질풍 소리에 떠는 건가?”
“저의 목숨 때문에 떠는 줄 아세요?
　도련님, 저는 그리 나약하지 않아요.
두고 온 아내를 떠올리고 있자니
　충실한 볼이 살짝 창백해지네요.

아내와 자식놈들은 도련님댁 근처
　호숫가 변두리에 살고 있지요.
그놈들이 아빠를 찾으면
　아내가 뭐라고 답하겠어요?”

"그만 됐네, 됐어, 나의 착한 시종
　자네의 슬픔을 부정할 자 없을 걸세.
나는 그저 한결 가벼운 기분으로
　웃으며 떠나고 싶을 따름이네.

아내나 애인의 겉치레 탄식을
　그대로 믿을 사람이 누가 있겠나?
방금 주르르 눈물을 흘렸던 싱그러운
　선녀들, 금세 맑고 푸른 눈 닦아낼 것이네.
나는 지나간 기쁨에도 점점 커지는
　위험에도 슬퍼하지 않는 사람이네.
나의 가장 큰 슬픔은 두고 온 것 중에
　눈물 흘릴 만한 게 전혀 없다는 것이네.

게다가 이제 나는 이 세상에 혼자네
　이 넓고 넓은 바다 위에서.
아무도 나를 위해 슬퍼하지 않을 텐데
　왜 내가 남들을 위해 괴로워하나?
어쩌면 나의 개는 헛되이 낑낑대겠지
　그러다가 낯선 손에라도 얻어먹으면 그뿐.
오랜 시간이 지나서 다시 돌아가면
　그 자리에서 나를 물어뜯으려 들겠지.

나의 배야, 너와 함께 나는 거품 이는
　저 짠물을 거슬러 날쌔게 나아가련다.
어떤 땅으로 실어 가도 나는 좋다
　다시 나의 고향 땅으로만 아니라면.
환영한다, 환영해, 너희 검푸른 파도야!
　너희가 나의 시야에서 사라지면 또
환영하리라, 너희 사막, 너희 동굴들도!
　나의 고국 땅아 — 잘 있어라!"

이네즈에게

To Inez

아니, 나의 시무룩한 이마를 보고 웃지 마오
　아아! 나는 다시 웃을 수가 없소.
하지만 하늘이 보살펴 당신이 울지 않게
　혹시라도 헛되이 울지 않게 해주기를.

그런데 기쁨과 젊음을 좀먹는 어떤 은밀한
　비애를 품었느냐고 내게 묻는 것이요?
당신도 달래줄 수 없는 고통이나마
　괜스레 알고 싶은 것이요?

나의 현재 상황이 지겨워서, 내가 몹시
　아꼈던 모두를 두고 달아나는 것은
사랑 때문도 아니요, 증오 때문도 아니요,
　천한 야망의 잃어버린 영예 때문도 아니요.

내가 만나거나, 듣거나, 보는 모든 것에서
　생겨나는 저 권태 때문이오.
미인을 봐도 도무지 즐겁지 않고

당신의 눈도 좀체 나를 매혹하지 못하니.

전설 속의 유대인 방랑자*가 품었던
　그 뿌리 깊은, 끝없는 우울 때문이라서
무덤의 저편도 넘어다보지 못하고
　이편에서 안식을 바랄 수도 없소.

어떤 유랑자가 자기를 두고 달아날 수 있겠소?
　멀고 먼 지대라도, 내가 있는 곳이면
어디로든, 끊임없이, 끊임없이 삶의
　어두운 그림자 — 그 악마 같은 생각이 쫓아오는데.

하지만 다른 이들은 기쁨에 감싸여,
　내가 버리는 모든 것을 맛보는 듯하니
오! 그들이나마 계속 황홀을 꿈꾸며
　하다못해 나처럼, 깨어 있지 않기를!

나는 저주받은 수많은 추억을 품고서
　수많은 나라를 떠돌아야 하는 신세.

---

* "유대인 방랑자"는 흔히 '방랑하는 유대인'(Wandering Jew, Ahasuerus)으로 표현되는데, 십자가를 지고 형장으로 끌려가는 예수 그리스도를 조롱한 죄로 세상의 종말까지 방랑하게 되었다는 기독교 전설에서 유래하였다.

나의 위안거리는 그저 안다는 것뿐,
 또 무슨 일이 생기든, 이미 최악을 안다는 것이오.

그 최악이 뭐예요? 제발 묻지 마오 —
 애석하더라도 알려고 하지 마오.
계속 웃어주오 — 사내의 가슴을 드러내서
 그 안에 있는 지옥을 살펴보려 하지 마오.

레만 호수
Lake Leman★

레만 호수가 수정 같은 얼굴로 나에게 구애한다.
별과 산들이 저마다 고요한 자기 얼굴을
들여다보는 거울, 그 투명한 심연이 그것들의
까마득한 높이와 색조를 그대로 비치고 있다.
여기에는 사람이 너무 많아서, 적절한 마음으로
내가 바라보는 저 위용을 투시할 수 없다.
그러나 곧 내 마음속에서 고독이 숨겼을 뿐,
예전에 못지않게 품고 있던 생각들을 되찾으리라
나를 그 울타리에 가둬버린 무리와 뒤섞이기 전에.

인간을 피한다고 그들을 증오할 필요는 없다.
그들과 뒤섞여 고생하는 것이 다 옳은 삶은
아니요, 격분하지 않으려고 마음을 마음 샘
깊이 가둔다고 해서 불만스러운 삶은 아니기에.
열띤 군중 속에서, 우리는 인간 전염병의

★ 레만 호수는 스위스의 제네바호로, 바이런은 셸리(P. B. Shelley, 1792~1822)와 친분을 쌓으며 이 호수를 두루 여행하였다. 엘리엇(T. S. Eliot)이 『황무지』(The Waste Land, 1922)를 완성한 곳도 여기였다.

전리품이 되어, 너무 늦게까지 오래도록
한탄하며 버둥댈 수밖에 없다, 경쟁의 세상
한가운데, 강자라고는 없는 그곳에서 분투하며
비참한 몰골로 악에 악을 주고받는 소용돌이에 휘말
려서.

거기서는 한순간에 우리 인생을 치명적인
후회에 빠뜨려서, 우리 자신의 영혼이
황폐해진 나머지, 온 피가 눈물로 변하고
만사가 밤의 색조로 물들어버린다.
어둠 속을 걷는 자들에게는 삶의 경주가
절망적인 탈출이 되고 말지만, 바다에서는
아무리 대담한 자도 항구가 부르는 곳으로 가면
그만이다. 영원을 항해하는 방랑자들과
그들의 배는 계속 전진할 뿐, 결코 닻을 내리지 않는다.

그렇다면, 차라리 혼자되는 게 낫지 않겠나,
대지를 오롯이 대지 자체를 위해 사랑하는 것이?
푸르게 쇄도하는 화살 같은 론강* 강가에서
아니면 곱디고운 고집 센 아이가 울음을

---

* 론은 알프스의 론 빙하에서 기원하여 프랑스 남동부를 거쳐 지중해로
흘러가는 강.

터뜨리자마자 키스로 눈물을 씻어주며
돌보는 어머니처럼, 그 강에 젖을 주는
유모 같은 호수의 맑은 가슴 곁에서 —
그렇게 우리의 삶을 흘려보내는 게 낫지 않겠나,
고통을 주거나 참고 살 운명의 압도하는 군중에 끼
느니?

나는 홀로 사는 것이 아니라, 내 주변
사물의 일부가 된다. 그래서 나에게
높은 산은 어떤 감동이지만, 인간 도시의
와글대는 소리는 고통이다. 자연에서는
싫어할 만한 것이 없다. 육신의 사슬에
얽매어 마지못해 연을 맺고 살아서 그렇지,
피조물들에 속해서, 영혼이 달아날 수 있다면
금시에 하늘, 산꼭대기, 대양의 요동치는
벌판이나 별들과 어우러질 수 있으니, 헛일은 아니다.

그렇게 나는 흡수된다. 이것이 인생이다.
사람들의 사막, 과거를 돌이켜보면
꼭 고통과 투쟁의 장을 구경하는 듯하다.
거기에서 어떤 죄로 슬픔에 처한 나는
일하며 고생하다가, 마침내 새 날개를

갈아 달고 튕겨 오를 것 같은 기분이다
비록 젊지만, 폭풍이라도 헤쳐나갈 듯이
불끈한 활기로, 기쁨의 날갯짓을 하며
우리 존재에 둘러붙은 진흙-차가운 차꼬들을 박차고서.

그리하여 마침내 마음이 육체의 삶을 찢고
이 타락한 형체에 갇혀서 증오하는
모든 것으로부터 온전히 자유로워지면,
파리와 벌레로 존재한들 행복하지 않으랴 ―
원소들과 원소들이 서로 순응하고
흙이 그대로 흙일 때, 내가 보는 만물이
덜 눈부셔도 더 따듯하게 느껴지지 않을까?
무형의 생각인가? 곳곳의 정령 때문일까?
이 순간에도, 내가 왕왕 불멸의 운명을 나누는 것은?

내가 산, 파도와 하늘의 일부이듯
그것들 또한 나와 내 영혼의 일부 아닌가?
순수한 열정으로 내 가슴 깊이 이것들에 대한
사랑이 들어 있지 않나? 이들과 비교되는
모든 대상을 경멸해야 하지 않나? 품은
생각들을 차마 태우지 못하고, 눈을 아래로
향한 채 내내 땅만 응시하고 있는 자들의

불쾌한 속세 가래를 지켜보며 역한 감정을
　견디며 사느니 고통의 물결을 거슬러 가는 게 낫지
않겠나?

그러나 이것은 나의 주제가 아니니, 즉각
본래의 주제로 돌아가, 납골단지에서
명상을 찾는 이들에게 요구하는 바이다
한때 온몸이 불덩이였던 한 사람,* 내가
잠시 맑은 공기를 호흡할 땅의 원주민을
주시해달라고 ― 지나가는 한 길손으로,
거기서 그는 한 실재가 되었다 ― 그의 욕망은
영예롭기를 바랐겠으나, 어리석은 탐구였다.
그 목표를 달성해서 지키려고 나머지 모두를 희생했
으니.

바로 여기서 자아를 괴롭히는 궤변가,
고뇌의 사도, 사나운 루소가 열정에
마법을 걸어서, 비애로부터
압도하는 웅변을 짜내, 그를 비참하게 만든
숨을 처음으로 들이켰다. 그러나 그는

＊　제네바 태생의 장-자크 루소(Jean-Jacques Rousseau, 1712~1778)를 가리
킨다.

광기를 아름답게 만들고, 부정한 행위와
생각들에 말로 천상의 색조를 드리우는
법을 알아서, 햇살처럼, 눈부신 그 말들이
두 눈을 지나칠 때면 눈물이 다정히 속절없이 흘러
내렸다.

그의 사랑이 열정의 정수였다 — 번갯불에
불붙은 나무처럼, 공기 같은 불꽃에
몸이 불붙었다가 이울고 말았다. 그렇게
살고 사랑받고 싶은 마음, 그에게는 똑같았다.
그러나 그의 사랑은 살아 있는 여자도,
우리의 꿈에 떠오르는 죽은 자들도 아닌
이상적인 아름다움에 대한 사랑이었다.
그 사랑이 그의 마음속에서 살아나면, 병적으로
보일 만큼, 그의 불타는 페이지 따라 넘치듯이 쏟아
졌다.

별들이여!

Ye Stars!

별들이여! 너희는 하늘의 시詩!

너희의 반짝이는 낱장들에서 우리가 사람들과

 제국들의 운명을 읽고 싶어 해도 — 위대해지고픈

열망에 젖어서, 우리의 뜻이 필멸의

지위를 훌쩍 뛰어넘어, 너희와 친족임을

주장하더라도 용서해다오. 너희는

아름답고 신비로운 존재, 아득한 곳에서

 우리 마음에 벅찬 사랑과 경의를 불러일으켜

부귀도, 명성도, 권력도, 삶도 모두 별이라고 이름 붙

였나니.

대양

The Ocean

오! 저 황무지가 나의 거처라면,

한 고운 영혼을 나의 길잡이 삼아

인간 종족을 다 잊고, 아무도

증오하지 않은 채, 그 영혼만 사랑하련만!

너희 원소들아! — 너희의 고결한 꿈틀거림에

내 마음도 고양되나니 — 너희가 나에게

그런 존재를 내주겠느냐? 그런 존재들이

곳곳에 깃들어 있다는 내 생각이 그른 것이냐?

그 존재들과의 대화는 좀체 우리의 몫이 아니겠지만.

길 없는 숲에 기쁨이 깃들어 있고,

고적한 강변에 환희가 깔려 있다.

아무도 간섭하지 않는 깊은 바닷가에도

교제가 있고 큰 파도 소리에도 음악이 있다.

나는 사람보다 자연을 더 사랑할 뿐이다.

이런 우리의 만남들을 통해, 지금의

내 모습이나 그간의 온갖 내 모습들에서

슬며시 빠져나와 우주와 섞이고, 표현할 수는

없겠지만 다 숨길 수도 없는 무언가를 느낄 따름이다.

굽이쳐라, 깊고 짙푸른 대양아 — 굽이쳐라!
일만 척의 함대가 너를 휩쓸어도 소용없다.
인간이 대지를 폐허로 만들어도 — 그의 지배는
바닷가에서 멈춘다 — 그 물의 벌판에 떠 있는
잔해들은 다 너의 위업이다. 한순간에
한낱 빗방울처럼, 부글부글 신음을 토하며,
무덤도 없이, 조종도 없이, 관도 없이,
알리지도 못한 채, 너의 심연으로 가라앉을
인간 자신 말고는, 인간의 파괴 그림자도 남지 않으니.

너의 길에는 인간의 발자국도 없다 — 너의 벌판은
인간의 전리품이 아니다 — 네가 솟구쳐서
그를 떨어버리나니. 인간이 대지 파괴를 위해
휘두르는 비열한 힘을 너는 몹시 경멸한다.
그런 자를 너의 가슴에서 하늘 높이 걷어차,
너의 희롱하는 물보라 속에서 바들거리며
울부짖는 그자를 그의 신들에게 보냈다가,
(실낱같은 희망이나마 가까운 항구나 만이기를
빌 테니) 다시 대지로 내던져서 — 거기에 눕혀버린다.

반석 위에 세워진 도시들의 성벽을 천둥 치는
무기들이 나라들을 뒤흔들고, 수도에 숨은
제왕들을 와들와들 떨게 만든다.
참나무 레비아탄 배들,* 그 거대한 늑재들이
그것을 만든 진흙 덩이 창조자에게 너의 주인,
전쟁의 중재자라는 헛된 칭호를 부여한다.
그러나 이것들도 너의 장난감일 뿐이다.
아마다의 긍지도 트라팔가르의 전리품도 망쳐놓는**
너의 파도 거품에 마치 눈송이처럼 모두 녹아버린다.

너의 해안들은 제국들이지만, 너 말고는 다 변했다 —
아시리아, 그리스, 로마, 카르타고, 다 어디에 있나?
너의 파도가 자유로웠던 그 강국들과 그 후의
숱한 폭군들도 휩쓸어버렸다. 그 해안들은 이방인,
노예나 야만인에게 복종하고, 부패한 지역들은
말라붙은 사막으로 변해버렸다. 너는 그렇지 않다
거친 파도가 장난칠 때 말고는 변함이 없다 —
시간도 너의 푸른 이마에 주름 한 줄 못 긋는다 —

---

* 스페인의 무적함대(Armada)를 가리킨다.
** 스페인의 무적함대 아마다는 1588년에 영국을 침략했다가 대패하였고,
프랑스 해군은 1805년 10월에 스페인 남서부 트라팔가르곶에서 넬슨
(Horatio Nelson, 1758~1805) 제독 휘하의 영국 해군에 대패하였다. 그
러나 두 해전의 승패에 영향을 미친 결정적인 원인 중 하나가 바로 날
씨, 폭풍우였다.

창조의 새벽이 바라본 모습 그대로, 너는 지금도 굽
이친다.

　너는 장려한 거울, 거기에 전능자의 형상이
　폭풍우 속에서도 자신을 비춘다. 늘 언제나
　고요하든 요동치든 — 미풍, 돌풍, 폭풍에도,
　얼어붙은 극지, 뙤약볕이 내리쬐는 풍토에서도
　거뭇하게 오르내리는 — 무한하고, 끝없고, 숭고한 —
　영원의 모습 — 보이지 않는 세계의
　권좌. 바로 너의 차진 흙에서
　심연의 괴물들이 창조되고, 온 지대가 너에게
복종하나니, 너는 무섭게, 신비롭게, 고독하게 나아
갈 뿐이다.

　그래서 나는 줄곧 대양, 너를 사랑했다! 나의 기쁨
　젊은이의 운동도 너의 가슴 위에서
　너의 거품들처럼 실려 나갔다. 소년 시절부터
　나는 너의 파도들과 함께 날뛰었다 — 파도는
　나에게 기쁨이었기에, 활기 넘치는 바다가
　무섭게 일렁이면 — 그것은 즐거운 공포였다
　내가 마치 너의 자식인 양, 멀리서도
　가까이서도 나는 너의 파도들에 몸을 맡기고

너의 갈기에 내 손을 얹었다 — 지금 여기서 그러고 있
듯이.

나의 작업은 끝났다 — 내 노래는 멈췄고 — 내 주제도
죽어서 메아리가 되었다. 적당히
이 질질 끌어온 꿈의 주문을 깨뜨릴 때가 되었다.
나의 한밤중 램프를 밝혀주었던 횃불도
이내 꺼질 것이다 — 적힌 것은, 이미 적힌 것 —
한결 좋은 글이면 좋겠지만! 나는 이제
그간의 나도 아니요 — 나의 환상들도
전처럼 또렷하게 오가지 않는다 — 내 마음속에
머물던 열띤 기쁨도 희미하게, 나직이, 깜박이고 있다.

안녕! 꼭 해야만 하고, 내내 해왔던 한마디 —
우리를 머뭇거리게 하는 소리, 그러나 안녕!
이 순례자를 쫓아서 그의 마지막 장면까지
따라와 준 여러분, 혹시 여러분의 기억 속에
한때 그의 것이었던 어떤 생각이
머물러 있다면, 혹시 여러분 마음에 단 하나의
추억이라도 부풀어 오른다면, 그가 샌들을 신고
가리비껍데기* 쓰고서 했던 일이 헛되지 않으리니
______
* 샌들과 가리비껍데기는 성지순례의 기념장이다.

안녕하시길! 고통은 오직 그에게만 머물고,

혹시 있다면 — 여러분에게는 그가 부른 노래의 교훈

이 깃들기를!

안녕하시길! 고통은 오직 그에게만 머물고,

혹시 있다면 — 여러분에게는 그가 부른 노래의 교훈

이 깃들기를!

사랑의 첫 키스

The First Kiss Of Love

얄팍한 로맨스에 대한 너희의 허구들,
어리석은 생각이 짠 그 거짓의 직물들을 버려라!
나에게 영혼을 속삭이는 눈길의 온화한 빛,
아니면 사랑의 첫 키스를 음미하는 황홀을 달라.

시인들이여, 너희의 가슴은 상상에 달아오르고
너희의 목가적 열정들은 숲과 잘 어우러지나니,
혹시 너희가 사랑의 첫 키스를 맛볼 수 있었다면
참 행복한 영감의 샘에서 소네트들이 흘러나오련만!

아폴로가 행여나 자신의 도움을 거절하거나
아홉 뮤즈가 너희를 거들지 않고 방랑하거든,
더는 그들에게 기원하지 마라. 뮤즈에게 작별을 고하고
사랑의 첫 키스가 미치는 효과를 시험해 보라.

나는 너희가 싫다, 무정한 예술 작품들이여!
고상한 척하며 나를 비난하고, 자만 떨며 나를 나무
랄지라도

나는 사랑의 첫 키스에 기뻐서 두근거리는
가슴에서 우러나오는 감정들에 구애하련다.

너희의 양치기들, 너희의 양 떼, 그 환상적인 주제들은
즐겁게 해줄 수는 있지만, 결코 감동을 주지 못한다.
아르카디아는 꿈들의 영역만 보여줄 뿐이다.
이런 환상들이 사랑의 첫 키스와 무슨 관련이 있겠
는가?

오! 인간이, 태어날 때부터, 아담에서 지금에
이르도록 비참하게 분투했다고 확신하지 말라.
낙원의 일부가 여전히 지구상에 있고
에덴은 사랑의 첫 키스로 부활하나니.

나이가 피를 식힐 때, 우리의 욕구들이 사라질 때도 —
세월은 비둘기처럼 날갯짓하며 날아가 버리기에 —
가장 소중한 기억이 여전히 마지막 기억이리라
우리의 가장 달콤한 기념물 바로 사랑의 첫 키스.

첫사랑

First Love*

한밤 푸릇하게

달빛 깃든 심연에서 아드리아 곤돌라 사공의

노랫소리와 노 젓는 소리가 강물 타고

아득히 그윽하게, 지나가는 소리를 들으면 즐겁고

저녁별이 떠오른 것을 보아도 즐겁다.

밤바람이 이파리에서 이파리로 기어가는

소리를 귀여겨들어도 즐겁고, 대양에 박힌

무지개가 하늘 높이 걸쳐 있는 것을 보아도 즐겁다.

집 지키는 개가 충직하게 짖는 소리, 다가가는 우리를

맞으며 나직이 굵직하게 짖는 소리를 들어도 즐겁고,

다가가는 우리를 알아보고, 도착하면 더 밝아지는

어떤 눈이 있다는 것을 깨달아도 즐겁다.

종달새 소리에 깨어나거나 떨어지는 물소리에

잠들어도 즐겁고, 윙윙거리는 꿀벌 소리,

소녀들의 목소리, 새들의 노랫소리, 아이들의

---

* 이「첫사랑」과 이어지는「줄리아 부인의 편지」는 바이런의 장편『돈 후안』(*Don Juan*)에서 일부를 발췌하여 번역한 것이다.

혀짤배기소리와 제일 먼저 내뱉는 말들도 즐겁다.

쏟아지는 포도알들이 잔뜩 취한 바쿠스 여사제들처럼

비틀비틀 땅에 떨어져서, 보라색 물을 뿜어내는

포도 수확 철도 즐겁고, 도시의 흥청망청 소리를

벗어나 시골의 웃음소리를 들어도 즐겁다.

구두쇠에게는 그의 반짝거리는 보화들이 즐겁고,

아버지에게는 첫 자식의 탄생이 즐거우며

복수는 특히 여자들에게 즐겁고,

군인들에게는 약탈이, 수병들에게는 포획상금*이 즐

겁다.

일흔의 어떤 늙은 부인이나 신사가

금세 무너질 듯하면서도, 아주 안정된 체력으로

버티며 '우리 젊은이'를 너무, 이미 너무

기다리게 하는 바람에, 유대인들이 지랄맞은

곱절의 사후지불날인 채무증서를 들고

다음 상속자에게 몰려들 지경에 처하더라도,

그들이 갑자기 죽어서, 땅이나 현금이나 시골 저택을

물려주면 즐거운 일, 잠시나마 즐거운 일이다.

★　"포획상금"은 전시에 해상에서 포획한 물건들을 팔아서 포획한 병사에
　게 분배하는 상금을 말한다.

피나 잉크로, 어떻게든, 월계관을
차지해도 즐겁고, 싸움을 끝내도
즐겁고, 가끔은 특히 성가신 친구랑
말다툼을 해도 즐겁다.
오래된 포도주는 병에, 맥주는 통에 든 것이 달다.
우리가 세상에 맞서 보호해 주는
무력한 생물도 귀하고, 우리는 잊히더라도
우리는 잊지 않는 학생 시절의 장소도 소중하다.

그러나 이보다, 이것들보다, 모두보다 훨씬 좋은 것은
 열정적인 첫사랑이다 — 아담이 자신의
타락을 떠올리는 것처럼 비길 데가 없다.
지식의 나무가 뽑혀서, 모든 것이 알려지고
드러나는 바람에, 이 신성한 죄에 비할 만한 것을
삶이 더 이상 내주지는 않지만,
신화의 프로메테우스가 우리를 위해 하늘에서
훔쳐낸 그 용서받지 못한 불과 같은 것이다.

줄리아 부인의 편지

Donna Julia's Letter

"당신이 떠나기로 마음먹었다고 들었어요.
현명하고 지당한 결정이지만, 적잖이 괴롭네요.
더 이상 당신의 젊은 가슴을 되찾을 수 없기에
제 가슴이 죽고 말았지만, 또다시 죽겠네요.
너무 많이 사랑하는 것이 그동안 제가 사용한
유일한 기술이었어요. 서둘러 쓰느라, 지면에
얼룩이 생기더라도 짐작하시는 것과는 다를 거예요.
눈알이 타는 듯이 쑤실 뿐, 눈물은 안 맺혔으니까요.

당신을 사랑했고 지금도 사랑해요. 그 사랑 때문에
지위, 신분, 천국, 사람들의 신망, 자존심도
다 잃었지만, 어떤 대가를 치렀든 후회하지 않아요
여전히 그 꿈같은 추억이 너무나 소중하니까요.
자랑하려고 저의 죄를 들먹이는 것이 아니에요
저보다 저를 모질게 여기는 이는 없을 테니까요.
마음이 진정되지 않아서 이렇게 휘갈겨 써보는 거예요.
딱히 나무랄 것도 부탁드릴 것도 없지만요.

남자의 사랑은 남자 인생의 일부에 불과하지만
여자에게는 사랑이 전부에요. 남자야 궁정,
군대 야영지, 교회, 배나 시장을 누비고 다니며
검, 관복, 수익, 영예를 걸고서 긍지,
명성, 공명심을 얻어서 자기 가슴을 채울 테니
이를 마다할 남자는 거의 없을 거예요.
남자들에게는 그런 온갖 방편이 있지만, 우리에겐 딱 하나
다시 사랑하고, 다시 끝장나는 일뿐이죠.

당신은 계속 쾌락에 빠지고, 긍지를 쫓으며
숱한 여자를 사랑하고 사랑받겠지만, 저는 다
끝났어요. 이 세상에 남아 저의 수치심과 슬픔을
마음속 깊이 숨긴 채 몇 년 버티는 게 고작이겠죠.
그런 것들이야 참을 수 있겠지만, 전과 다름없이
계속 날뛰는 열정은 떨쳐낼 수 없을 거예요.
아무튼 잘 가요―저를 용서하시고 사랑해줘요―아니,
그 말은 이제 소용없을 테니, 그쯤 해둘게요.

가슴이 내내 아렸는데, 아직도 그러네요.
그래도 마음을 가다듬을 수 있을 거예요.
파도가 고요한 바람을 타고 굽이치듯이

피도 여전히 정신의 정박지에서 약동하고,
가슴도 여성적이라서, 잊을 수가 없네요
오로지 한 형상만 미친 듯이 바라보았으니까요.
어리석은 심장이 침착한 영혼에 매여 흔들리듯
펜 끝은 흔들리고, 펜대는 서 있을 뿐이에요.

더 이상 할 말이 없는데, 여전히 주저하며
이 편지에 차마 봉인을 찍지 못하네요.
이보다 완전하게 비참할 수는 없겠지만,
그래도 이 숙제를 완료하는 게 낫겠어요.
슬퍼서 죽는다면 여태 살아 있지도 않으련만,
죽음이 그 타격을 기꺼이 받고 싶은 년을 피하니
이 마지막 이별을 남기고도 살아남아
삶을 견디며, 당신을 위해 사랑하고 기도할 수밖에요!

오늘부로 나는 서른여섯이다
On This Day I Complete My Thirty-Sixth Year

이제는 다른 이들을 감동시키지 못하니
　이 가슴도 냉정해져야 한다.
하지만 사랑받지는 못할지라도
　　사랑은 해야겠지!

내 나이면 노랗게 물든 낙엽 신세.
　사랑의 꽃과 열매들은 사라지고
대신 기생충, 궤양과 슬픔이
　　나를 독차지하고 말았다!

나의 가슴을 잡아먹는 불도
　화산섬처럼 쓸쓸해서,
불을 붙여도 횃불 하나 못 지피는—
　　한낱 화장용 장작더미.

희망, 공포, 시샘하는 걱정,
　고통의 숭고한 일면과
사랑의 힘도 나누지 못한 채,

그 사슬만 차고 있을 뿐이다.

그러나 그래서는 안 되지 — 여기서는 아니다 —
　영예가 영웅의 관을 장식하거나 그 이마를
감싸는 이곳에서 지금, 그런 생각들이 내 영혼을
　흔들게 해서는 안 되지.

나를 에워싸고 있는 검, 깃발과
　전장, 영광과 그리스를 보라!
자신의 방패에 실려 온 스파르타인보다
　자유로운 이는 없었다.

깨어나라! (아니, 그리스는 이미 깨어났다!)
　깨어나라, 나의 정신아! 너를 통해
근원을 쫓아가는 너의 생명-피를 떠올리며
　정곡을 찔러라!

저 되살아나는 열정들을 짓밟아버려라
　부끄러운 장년아! — 미녀의
미소에도 찡그린 얼굴에도
　무심하여라.

너의 청춘을 후회한다면, 왜 살겠느냐!
  명예로운 죽음의 땅이
여기에 있다. 전장으로 앞서 나가
  목숨을 바쳐라!

너에게 가장 어울리는 병사의 무덤을
  찾아내 ─ 흔히 찾기보다는 발견되지만 ─
주위를 둘러보고, 너의 땅을 택하여
  휴식에 들어라.

미솔롱기에서 1824년 1월 22일*

<hr>

* 미솔롱기는 파트라스만에 면한 그리스 서부의 도시로, 당시 바이런은 그리스 독립군을 지원하고 있었으며, 열병에 걸려서 이 시를 쓰고 거의 석 달 만인 1824년 4월 19일에 허무하게 죽고 말았다.

그래 내가 묻히면 당신이 울어주겠소?

And Wilt Thou Weep When I Am Low?

그래 내가 묻히면 당신이 울어주겠소?

다정한 숙녀여! 그 말을 다시 해주오.

 하지만 그 말이 당신을 슬프게 한다면, 말하지 마오 —

나는 그 가슴에 아픔을 안기고 싶지 않소.

내 마음이 슬프고, 내 희망들도 사라졌다오.

내 피가 내 가슴속을 차갑게 흐르다가

내가 죽으면, 당신 홀로

나의 안식처 위에서 한탄하겠구려.

그런데 나를 가여워해 준 당신의 마음을

알고 나니, 한 줄기 평화의 빛이

내 비애의 구름 사이로 빛나고,

잠시나마 내 슬픔들이 가시는 듯하구려.

 오, 숙녀여! 그 눈물에 축복이 내리기를 —

울 수 없는 이를 위해 떨어지는 눈물,

그 귀한 방울들은 눈물 한 방울 못 흘리는

눈을 지닌 이들에게는 두 배로 값지기에.

다정한 숙녀여! 한때 내 가슴도 당신 가슴처럼
너그러운 온갖 감정을 품고서 따듯했다오.
그러나 아름다움마저도 달래다가 말았소
한탄하려고 태어난 비참한 사람이었기에.

그런데도 내가 묻히면 당신이 울어주겠소?
다정한 숙녀여! 그 말을 다시 해주오.
 하지만 그 말이 당신을 슬프게 한다면, 말하지 마오 —
나는 그 가슴에 고통을 안기고 싶지 않소.

눈물

The Tear

우정이나 사랑이 우리의 동정심을 자극할 때
진실이 눈빛 속에 나타나려는 순간에
입술이 보조개나 미소로 속일 수는 있지만,
눈물이 바로 애정의 시금석이다.

너무 자주, 미소는 그저 위선자의 술수로
증오나 공포를 가릴 따름이다.
영혼을 말하는 눈이 잠시 눈물에 흐려질 때
가벼운 한숨을 내쉬라.

온화한 자비의 홍조가 지상의 우리 인간들에게
영혼을 안내해서 야만성을 씻어준다.
이런 미덕이 느껴지는 데서 연민이 녹아들고
그 이슬이 모여서 눈물이 된다.

몰아치는 강풍에 돛을 달고 큰 파도들을 헤치며
대서양을 나아갈 수밖에 없는 사람이
머잖아 그의 무덤이 될지 모르는 파도 위로 수그릴 때

푸른 초원이 눈물을 머금고 밝게 반짝인다.

군인은 영광의 낭만적인 생애에 상상의 화환을
씌워주기 위해서 죽음을 무릅쓴다.
그러나 그도 전투에서 쓰러진 적을 일으키고
눈물로 모든 상처를 씻어준다.

그가 크게-두근대는 자부심을 안고 신부에게 돌아온
다면
피에 새빨개진 창을 던져버리고
소녀를 껴안으며 키스하는 그녀의 눈꺼풀에서
눈물이 떨어질 때, 그의 모든 노고가 보상받는다.

내 청춘의 아름다운 광경! 우정과 진실의 자리,
사랑-쫓다가 빠르게-날아가 버린 한 해 한 해를
두고 떠나기 싫어서 슬퍼하며 마지막으로 돌아보았
던 그곳,
그러나 너의 첨탑도 눈물에 가려 거의 보이지 않았다.

이제는 나의 메리에게 나의 맹세를 쏟아내고
나의 메리를 다시 아주 충실히 사랑할 수는 없지만,
그녀의 시골집 그늘에 숨어 그녀가 그 맹세들에

눈물로 보답해 주었던 순간을 나는 아직 기억한다.

다른 이의 품에서 그녀가 영원히 행복하게 살기를.
내 마음이야 변함없이 그녀의 이름을 숭배하겠지만
한숨 쉬며 한때 내 여자라고 생각했던 이를 단념하고
눈물 흘리며 그녀의 기만을 용서하겠지만.

내 가슴의 벗들, 너희를 내가 떠나기 전에
이런 희망이 내 가슴에 벅차오른다.
다시 우리가 이 시골 은신처에서 만난다면
서로 헤어질 때처럼, 눈물을 머금고, 만나기를.

내 영혼이 날갯짓하며 밤의 지대로 날아가고
내 육신이 상여에 눕혀지고
내 유해가 소멸하는 무덤을 너희가 지나갈 때면
오! 흙으로 변한 그 유해를 눈물로 적셔주기를.

허영의 자식들이 비애를 장려하게 새긴
어떤 대리석 비도 세우지 않게 하고
꾸며낸 명성으로 내 이름을 장식하지도 말기를.
내가 청하는 것은 — 내가 바라는 것은 — 눈물뿐이니.

조화로운 광희

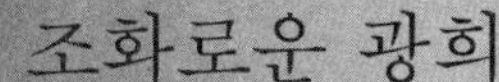

영국 남부 시골 귀족의 아들로 태어난 셸리는 옥스퍼드대학교에 입학했으나 『무신론의 필요성』이라는 소책자를 발간·배포한 혐의로 1년 만에 퇴학당했다. 옥스퍼드에서는 한 강좌만 수강하고 하루에 열여섯 시간씩 책을 읽었다는 셸리 — 그는 두 번 결혼했고 바이런과 절친한 사이였으며 존 키츠가 '그에게 말려들면 자기 시는 없을 것'이라고 두려워할 만큼 매우 독창적이고 열정적인 시인이었다. 그러나 안타깝게도, 30세 생일을 한 달 앞두고 자신의 배를 타고 항해하다가 돌풍에 휩쓸려 침몰한 배와 함께 익사하고 말았다. 셸리는 회의적인 목소리와 인습에 얽매이지 않는 자유분방한 삶, 급진주의, 무신론, 완고한 이상주의 등으로 인하여 생존 시에 많은 비판과 악평에 시달렸으나, 사후에는 로버트 브라우닝, 알프레드 테니슨, 찰스 스윈번, 윌리엄 버틀러 예이츠 같은 주요 시인들의 우상이 되었고, 영국의 헌장 주의자들과 노동운동가들, 사회주의 철학자 칼 마르크스와 극작가 조지 버나드 쇼 같은 인물들의 숭배를 받았다. 지금은 그의 생태 시와 생태주의 시론이 주목받고 있다.

음악은, 은은한 음성이 사라져도

Music, When Soft Voices Die

음악은, 은은한 음성이 사라져도
　기억 속에서 울리고,
향기는, 고운 제비꽃이 병들어도
　꽃이 자극하는 감각에 깃들어 살지요.

장미 꽃잎은, 장미가 죽어도
　연인의 침대에 수북이 쌓이고,
당신 생각도 그리 쌓여, 당신이 가도
　사랑은 그 위에서 계속 잠을 자지요.

음악은, 은은한 음성이 사라져도

램프가 산산이 부서지면

When The Lamp Is Shattered

　램프가 산산이 부서지면
빛은 흙에 묻혀 사라지고 -
　구름이 산산이 흩어지면
무지개의 장관도 지고 만다.
　류트가 부서지면
고운 곡조들이 기억에서 잊히고,
　입술이 말해버리면
사랑스러운 변명도 금세 잊히고 만다.

　음악과 빛이
류트와 램프를 떠나 못 살 듯이,
　가슴의 메아리도 마음이
입을 다물면 아무 노래도 못한다.
　폐가를 훑고 가는 바람처럼
슬픈 애도의 노래나
　죽은 어부의 조종을 울리는
애처로운 파도 소리 말고는.

가슴들이 일단 섞이고 나면
사랑이 먼저 그 잘 지은 둥지를 떠나고,
　나약한 이는 홀로 남아
한때 품었던 사랑을 견뎌야 한다.
　지상 만물의 나약함을
슬퍼하는 오 사랑이여!
　너는 왜 하필 가장 나약한 이를
너의 요람, 집이자 관으로 택하느냐?

　폭풍이 허공의 까마귀들을 흔들듯
그 약한 마음의 숱한 열정이 너를 뒤흔들고,
　영리한 이성이 겨울 하늘의
태양처럼 너를 조롱할 텐데.
　나뭇잎 떨어지고 찬 바람이 불면
네 둥지의 서까래도 다
　썩어서, 너의 독수리 집에
헐벗은 너만 웃음거리로 남을 텐데.

음악
Music

나는 숨차게 성스러운 음악을 갈망한다.
　내 가슴은 그 갈증에 죽어가는 한 꽃송이.
황홀한 포도주 같은 소리를 뿜어내라
　은빛 소나기 같은 선율들을 풀어놓아라.
단비를 기다리는 풀 한 포기 없는 벌판처럼,
헐떡이다가, 졸도하는 나를 음악이 다시 깨운다.

그 고운 소리의 화주火酒를 좀 더, 아 좀 더
　마시게 해줬으면 좋으련만 — 아직 목은 타지만
그 술이 내 가슴을 옭아매고 숨 막히게 했던
　걱정의 뱀을 풀어준다.
그 녹아내리는 가락이 낱낱의 핏줄을 지나서
나의 가슴과 머리로 스며든다.

어느 은빛 호숫가에서 자라다가
　뜨거운 한낮이 이슬 잔을 다 마셔버리고
갈증을 풀 만한 안개마저 없어서
　시들어버린 제비꽃의 향기처럼 —

제비꽃은 죽었으나 향기가 바람의
날개 타고 푸른 호수 위로 날아가듯이 ―

어느 위대한 여자 마법사가 가득 채워준
  거품에 반짝반짝, 보글거리는
마법의 포도주잔을 들이켜는 누군가가
  그 거룩한 키스에 사랑하고 싶어지듯이 ……

제인에게

To Jane★

강렬한 별들이 반짝거리고
별들 사이로 고운 달이 떠오르고 있었어요
　　귀한 제인!
기타가 딩딩 울리고 있었어요
하지만 선율이 곱지 않았어요, 당신이 그걸 다시
　　노래할 때까지는 ―
달빛의 은은한 광휘가
하늘의 엷고 차가운 별빛 위로
　　드리워지듯이 ―
몹시도 부드러운 당신의 목소리가
영혼 없는 기타 줄에 더해져서 비로소
　　자기 소리를 찾았지요.

오늘 밤, 한 시간 남짓이면
달은 잠들겠지만, 별들이

★　"제인"은 셸리의 친구 에드워드 윌리엄스(Edward Williams)의 아내 제인
윌리엄스(Jane Williams)를 가리킨다. 셸리는 제인에 관한 시를 여러 편
남겼다.

깨어날 거예요.

당신의 이슬 같은 선율이 기쁨을

흩뿌리는 동안에 나뭇잎 하나 흔들리지

않으리.

노랫소리가 압도하더라도

다시 불러요. 당신의 사랑스러운 목소리로

우리 세상에서

아득히 먼 곳, 음악과 달빛과 감흥이

어우러지는 미지 세계의 곡을

불러줘요.

사랑의 철학

Love's Philosophy

시냇물은 강물과 섞이고
　강물은 바다와 섞입니다.
하늘의 바람들도 영구히 뒤섞여
　다정하게 들뜨지요.
세상에 외톨이는 없습니다.
　만물이 성스러운 법칙에 따라
한마음으로 만나 뒤섞이지요.
　나와 당신은 왜 못하겠어요? —

높은 하늘에 입 맞추는 산들과
　서로 끌어안는 파도들을 봐요.
형제 꽃을 멸시하고서
　용서받을 자매 꽃은 없어요.
햇빛은 대지를 끌어안고
　달빛은 바다에 키스합니다.
당신이 내게 키스해주지 않으면
　이 즐거운 합일이 다 무슨 소용이겠어요?

인도풍의 세레나데

The Indian Serenade

밤의 맨 처음 달콤한 잠에서
　당신 꿈을 꾸다 일어납니다.
바람은 나직이 숨을 내쉬고
　별들이 밝게 빛나고 있을 때
당신 꿈을 꾸다 일어납니다.
　내 발을 붙든 어떤 정령이
이끌어 — 까닭을 누가 알까요?
　당신의 방 창가로, 임이여!

떠도는 바람은 까마득히
　고요한 물결 위에 기절하고
목련 향기는 꿈속의
　즐거운 생각처럼 아련합니다.
나이팅게일의 우는 소리도
　자기 품에서 죽어갑니다 —
내가 당신 품에서 죽어야 하듯
　오오, 사랑하는 내 임이여!

오오 풀밭에서 나를 일으켜줘요!
 나 죽어요! 기절합니다! 쓰러집니다!
파리한 내 입술과 눈꺼풀에
 사랑의 키스를 비처럼 내려줘요.
내 볼이 싸늘히 창백합니다, 제발!
 내 심장이 야단스레 다급히 뜁니다 —
오오! 당신의 가슴으로 꼭 안아줘요.
 거기서 이 가슴 마침내 부서지리다.

아랍 시에서 : 모작

From the Arabic : An Imitation

가냘픈 내 영혼은 내 사랑, 당신의
　　얼굴을 그리며 앉아있었네.
　한낮에 시냇물을 찾는 암사슴처럼
　　내 사랑, 당신이 그리워 헐떡거렸네.
당신의 바버리* 말이 폭풍보다 빠르게 달음질쳐
　　내게서 멀리 당신을 데려가 버렸네.
　나의 연약한 발이 너무 빨리 지쳐버려서
　　내 가슴만 당신과 함께 갔다네.

아! 가장 빠른 폭풍보다도 말보다도
　　그것들이 실어 가는 죽음보다도 빠르게
　안타까운 생각이 비둘기처럼 가슴에
　　근심의 나래 옷을 입혀주나니.
전장에서나, 어둠 속에서나, 위급할 때도
　　내 가슴은 당신한테 매달려 있으리.
　그래서 혹시 당신에게 위로와 사랑을 전한다면

---

* 　바버리는 북아프리카의 지중해 연안에 있는 리비아, 튀니지, 모로코, 알
제리를 통틀어 이르는 지명.

한 번의 미소도 요구하지 않으리.

좋은 밤

Good-Night

좋은 밤? 아! 천만에요. 한 몸이 되고픈
　이들을 갈라놓는 시간은 나빠요.
그냥 그대로 우리 함께 있어요.
　그럼 좋은 밤이 될 테니.

당신의 정다운 갈망들이 날아가는데
　그 외로운 밤을 어찌 좋다 하나요?
　그냥 말도, 생각도, 이해도 하지 말아요 —
　그럼 좋은 밤이 될 테니.

서로 가까이 다가가는 가슴들에게는
　해질녘부터 아침 햇살 떠오를 때까지가
좋은 밤이에요. 왜냐하면 내 사랑,
　그들은 결코 '좋은 밤' 하지 않으니까요.

문제

The Question

꿈에, 길가에서 배회하고 있는데

헐벗은 겨울이 갑자기 봄으로 변해서

은근한 향기가 선반 같은 잔디 둑을 따라

속삭이는 물소리와 어우러져

나의 발걸음을 유혹했다. 잔디가

잡목숲 밑에 깔려 있었는데, 초록 팔들을 뻗어

냇물의 젖가슴을 차마 어루만지지도 못한 채

키스하고 달아나는 모습이 꼭 꿈속의 당신 같았다.

거기에서는 알록달록한 바람꽃과 제비꽃,

대지의 진줏빛 아르크투루스,* 데이지,

절대 지지 않은 별자리 꽃이 자랐다.

가냘픈 앵초, 흙을 거의 부풀리지 않고

피어나는 여린 초롱꽃, 그리고 나직한 바람,

동무의 목소리를 들으면, 천국을 머금은 눈물로

　— 아이처럼, 순진하게 또 즐겁게 —

---

* 　아르크투루스, 또는 대각성(大角星)은 목동자리의 주성으로, 북두칠성
　의 꼬리에서 중천을 향해 나아가면 볼 수 있는 밝은 오렌지색의 별이다.

엄마의 얼굴을 적시는 저 커다란 꽃.

그리고 따스한 울타리에서 무성한 들장미,
녹색 브리오니아와 달-색의 산사나무꽃과
벚꽃, 그리고 아직 햇빛에 마르지 않은
밝은 이슬 술이 담긴 은방울꽃이 자랐다.
그리고 들장미와, 거뭇한 꽃망울과 잎들을 달고
정처 없이 구불구불 뻗어가는 담쟁이와,
깨어 있는 눈으로 바라만 봐도 고운
하늘색, 검은색, 금색 줄무늬의 꽃들이 자랐다.

그리고 강물이 흔들거리는 물가에는
보라색 바탕에 흰색 줄무늬의 활짝 편 깃발-꽃*과
사초 사이에서 별처럼 반짝이는 강봉오리와
밝게 만개해서, 저만의 물빛을 머금은
달빛 광선으로 산울타리 위로 우뚝 솟은
참나무를 비추며 떠다니는 수련과
애기부들과, 수수한 광택으로 부신 눈을 달래주는
진초록의 갈대들이 자라고 있었다.

이렇게 환상적인 꽃들을 자연의 거처에서

---

* '창포꽃'을 말한다.

뒤섞이거나 대비를 이룬 색깔 그대로

배치된 모습 그대로 묶어서

한 아름 꽃다발을 만든 후에,

이 감금된 계절의 자식들을

　내 손에 품고 — 신나고 즐겁게,

내가 출발했던 곳으로 서둘러 가서

　선물하면 어떨까! — 오! 누구에게?

시인의 꿈
The Poet's Dream

어느 시인의 입술에 잠들었다가,
한결같은 그의 숨소리에 젖어서,
사랑의 달인 같은 이를 꿈꾸었다.
세상의 행복을 구하거나 찾지 않고,
생각의 황야를 드나드는 형상들의
영묘한 입맞춤들을 먹고 사는 사람.
새벽부터 어둠이 내릴 때까지
호수에 비친 해가 담쟁이꽃 속의
노란 벌들을 비추는 모습을 바라볼 뿐,
  실제 사물들에 주의하거나 보지 않고도 —
그것들에서 살아 있는 사람보다
더 생생한 형상들, 불멸의
  자식들을 창조할 수 있는 사람.

충고

An Exhortation

카멜레온은 빛과 공기를 먹고 살고
  시인의 음식은 사랑과 명성이다.
만일 이 드넓은 근심의 세상에서
  시인도 카멜레온처럼
거의 수고 없이 먹이를 찾을 수 있다면,
  카멜레온이 하루에
  스무 번이라도 빛에 적응하여
몸빛을 바꾸듯, 시인도
  계속 자기 색깔을 바꿀까?

카멜레온이 태어날 때부터
  바다 밑 어느 동굴에
숨어 살 듯이, 시인도
  이 차가운 대지에서 그리 살고 있다.
빛이 있으면 카멜레온이 변하고,
  사랑이 없으면 시인이 변한다.
  명성은 변장한 사랑이다. 이도 저도
못 얻더라도, 시인들이 곳곳에 있음을

이상하게 생각하지 않기를.

감히 부나 권력으로 시인의 자유롭고
  하늘 같은 마음을 더럽히지 않기를.
빛나는 카멜레온도 빛과 공기 말고
  다른 음식을 삼키면
금시에 그들의 형제 도마뱀처럼
  세속적인 존재가 되고 만다.
  밝은 태양 같은 별의 자식들,
달 너머에서 온 영혼들이여,
  부디, 그 혜택을 거절하시라!

워즈워스에게

To Wordsworth★

자연의 시인, 그대는 결코 돌이키지 못할

일들이 떠나는 것을 알고서 눈물을 흘렸다.

어린 시절과 청춘, 우정과 첫사랑의 백열도

슬퍼하는 그대를 두고 달콤한 꿈처럼 달아났으니.

똑같은 비애를 나도 느낀다. 그대 또한

절감할 상실이 내게 있으나 홀로 한탄하련다.

한때 그대는 외로운 별처럼, 겨울 한밤의

노호 속에 갇힌 아주 약한 돛배를 비춰주었다.

그대는 마치 반석 위에 세워진 피신처같이,

분별없이 싸우는 군중들 위에 우뚝 서 있었다.

영예로운 가난 속에서도 그대의 목소리는

 진리와 자유에 신성한 노래들을 엮어냈다 —

이것들을 저버린 그대가 애석할 따름이다,

이제 더 이상 예전의 그대가 아닐 것이기에.

★　윌리엄 워즈워스(William Wordsworth, 1770~1850)를 가리킨다. 셸리의 두 번째 부인 메리 셸리(Mary Shelley)는 1814년 9월 14일 일기장에, "셸리가 …… 워즈워스의 『소풍』(Excursion)을 집으로 가져와서, 함께 일부를 읽었는데 너무 실망하였다. 그(워즈워스)는 노예다"라고 적고 있다. 이 시에는 점차 문학적, 정치적, 종교적 보수주의자로 변해가던 워즈워스에 대한 셸리의 원망과 안타까운 마음이 배어있다.

[콜리지]에게

To [Coleridge]★

아! 저기 대기의 정령들이 있네요
  저녁 산들바람 귀신들과
황혼의 나무들 사이로 비치는 별빛처럼
  고운 눈의 점잖은 유령들도 있네요.
저리 아름다운 사절들을 맞으려고
번번이 사람들을 두고 고독한 발길을 돌렸군요.

그 불가해한 허깨비들의
  목소리가 깃든 산바람과
졸졸대는 샘들과 달빛 바다와
  당신은 교감을 나누며 그것들이
화답하면 기뻐했건만, 모두

★ 사무엘 테일러 콜리지(Samuel Taylor Coleridge, 1772~1834)는 1798년
에 윌리엄 워즈워스와 영국 낭만주의의 선언서로 평가받는 『서정민요』
(*Lyrical Ballads, with a few other Poems*)를 출간하여 시의 지평을 새로 열고
확장한 시인, 비평가이자 철학자이다. 이 시집이 출간된 후로 워즈워스
는 훗날 계관시인에 오를 만큼 승승장구하였다. 콜리지도 훗날 "난쟁이
들 사이의 거인"으로 불릴 만큼 평론가, 사상가로서 두각을 나타내지만,
시에서는 1802년에 지은 「낙담 송가」를 끝으로 이렇다 할 수작을 내놓
지 못하였다. 이 시에는 그런 콜리지의 시 세계에 대한 셸리의 평가와
워즈워스에 대한 원망이 동시에 담겨 있다.

당신의 사랑을 하찮은 선물처럼 던져버렸지요.

그래서 당신은 별처럼 빛나는 눈에서
  빛을 찾으려 했지만 차지하지도 못하고
남의 부귀가 되고 말았으니. 어리석은 믿음에
  무력한 희생인데! 아직도 갈망하나요?
아직도 환영하는 손길, 목소리, 눈길이나
입술이 당신의 요구에 화답해주기를 바라나요?

아! 어찌하여 당신은 부정한 대지
  그 모순덩어리 위에 희망을 쌓았나요?
어찌하여 당신의 마음은 사랑에도,
  감동 어린 생각에도 여지를 두지 않았을까요?
그래서 자연의 광경들이나 인간의 미소들이
간계로 당신을 휘감아서 힘을 빼앗았겠지요?

맞아요, 신의 없는 미소는 모두 사라져버리죠
  그런 기만에 상심한 당신만 남았고요.
달의 후광이 없어지면
  밤의 유령들과 꿈들도 어느새 떠나고 없지요.
당신의 영혼도, 아직은 당신에게 진실하지만,
고통을 겪다 보면 어느새 못된 마귀로 변하겠죠.

이 마귀, 놈의 섬뜩한 혼령이 하염없이

　당신의 그림자처럼 당신 옆에 매달려 있을 테니

쫓을 생각은 하지도 마오, 미친 듯이 애써도

　당신을 괴롭혀서 고통만 심해질 테니.

천성대로 사시구려. 당신의 정해진 운명이

어둡기만 해서, 아무리 바뀌어도 악화할 뿐일 테니.

플로렌스미술관 레오나르도 다빈치의 메두사에 대하여

On the Medusa of Leonard da Vinci in the Florentine Gallery

메두사의 머리. 한 플랑드르 화가의 1600년대 작품으로 추정.*

그 얼굴은 한밤 하늘을 응시한 채,

　구름 낀 산-꼭대기에 반듯하게 누워있다.

아래, 아득한 땅이 와들와들 떠는 듯하고,

　그 얼굴에 서린 공포와 아름다움이 신묘하다.

---

*　현재 이탈리아의 플로렌스 우피치 미술관에 있는 이 〈메두사의 머리〉는
지금은 17세기 초에 작자 미상의 플랑드르 화가가 그렸을 것으로 추정
되고 있으나, 셸리의 이 시가 말해주듯, 적어도 19세기 초까지는 레오나
르도 다빈치(1452~1519)의 작품으로 알려져 있었다.

그 입술과 눈썹에 사랑스러움이 마치
  그림자처럼 드리워져, 불같이 불길하게
빛을 발한다. 그 속에서 여전히
고통과 죽음이 격전을 벌이는 것이다.

그러나 저 응시자의 넋을 돌처럼 굳히는 것은
  공포라기보다는 오히려 은총이다.
그 돌에 저 죽은 얼굴의 생김생김이
  새겨져서, 마침내 기질들이 돌 속으로
스며들면, 생각도 더는 추적하지 못할 것이다.
  어둠과 고통의 노려보는 눈길에 비스듬히
드리워진 아름다운 음악 같은 색조가
긴장미에 인간미를 곁들여서 조화시킨다.

그래서 축축한 바위에서 풀이 돋아나듯
  한 몸에서 떨어진 그 머리에서
독사-머리칼이 자라나, 돌돌 말며 술술 나오다가
  서로 뒤엉킨 기다란 머리칼들이
속으로 끝없이 말려든 뿌리들과 함께
  비늘에 덮인 광채를 드러낸다, 마치 그 머릿속의
고뇌와 죽음을 조롱하며 우툴두툴한
수많은 턱으로 단단한 대기에 맞서는 양.

그 옆의 돌에서 독오른 영원 한 마리가
  고르곤의 눈을 멍청히 들여다보는 동안,
허공에서 유령 같은 박쥐 한 마리가 감각을
  잃고 미친 듯이 놀라, 이 끔찍한 눈길이
가르고 나간 동굴 밖으로 휙 날아갔다가,
  마치 촛불로 다급히 달려드는 나방처럼
부랴부랴 돌아오고, 한밤의 하늘이
어둠보다 무서운 섬광을 확 비춘다.

폭풍우처럼 무섭고 사랑스러운 모습이다.
  허공의 바들바들 떠는 증기를
[하염없이] 계속-변하는 거울로 만들어
  거기에 온갖 아름다움과 공포를 비추는
저 얽히고설킨 죄가 불붙인 놋쇠 빛깔의
  섬광이 그 뱀들에서 어슴푸레 빛나기에 —
한 여인의 얼굴이, 뱀-머리칼을 하고서
저 젖은 바위산에서 천국을 응시한 채 죽어 있다.

오지만디아스
Ozymandias*

어느 고대의 땅에서 온 한 여행자를 만났는데
 그가 말했다 —"몸통 없이 거대한 석조 다리 두 개가
사막에 서 있다네 …… 그 근처, 모래 위에
부서진 두상이 반쯤 묻혀 있는데, 그 뚱하고
주름진 입술에 차가운 명령조의 냉소를 보면
조각가가 저 열정들을 잘도 읽어냈음을 일러주지.
이 죽은 물체들에 인각 되어, 그 열정들을 조롱했던
손과 부추겼던 가슴보다 오래 살아남았으니.
그리고 대좌에 이런 글귀가 보이더군.
'내 이름은 오지만디아스, 왕 중의 왕이로다.
나의 대업들을 보고, 너희 권력자여, 절망할지어다!'
그 외에는 남아 있는 게 없었네. 부식되어 가는
그 거대한 잔해 사방으로, 끝도 없이 황량하게
쓸쓸하고 한결같은 사막이 아득히 펼쳐져 있을 뿐이
었지.

---

* 오지만디아스는 이집트의 파라오 람세스 2세(Ramses II, 1304~1237 B. C.)의 희랍어 이름으로, 기독교 성서에서 그는 이스라엘 민족이 이집트를 탈출하는 시기에 모세와 대적하는 이집트의 파라오로 그려진다.

노래 : "영국민들이여"

A Song : "Men of England"★

영국민들이여, 어이하여 너희를
몸져눕게 하는 영주들을 위해 밭을 가는가?
어이하여 고생 걱정하며 너희의
폭군들이 입는 화려한 옷을 짜는가?

요람에서 무덤까지
 너희의 땀을 빼고 — 아니, 너희의 피를
빨아 마실 저 배은망덕한 수벌들을
어이하여 먹이고 입히고 지켜주는가?

어이하여, 영국의 일벌들이여, 수많은
무기, 사슬과 채찍을 불려 만들어,
침도 없는 이 수벌들이 너희의 노고로
애써 일군 산물을 망쳐놓게 두는가?

★　셸리의 프롤레타리아 혁명에 대한 희망이 강렬하게 표현된 이 시는 훗날 영국 노동운동의 찬가가 되었다. 셸리의 급진적인 사상이 담겨 있는 이런 시들이 훗날 사회주의 사상가 칼 마르크스나 영국의 헌장운동가들(chartists)에게 많은 감명과 영향을 주었다.

너희에게도 여가, 위안, 평온, 은신처,
음식, 사랑의 온화한 향유가 있는가?
대체 너희가 고통과 두려움을 견디며
그리 비싸게 사는 것이 무엇인가?

너희가 뿌리는 씨앗들, 남이 거두고,
너희가 찾아내는 부富, 남이 가지고,
너희가 짜는 옷들, 남이 입고,
너희가 만드는 무기들, 남이 품나니.

씨앗을 뿌리되, 폭군이 거두지 않게 하고,
부를 찾되, 사기꾼이 축적하지 않게 하고,
옷을 짜되, 게으름뱅이가 입지 않게 하고,
무기를 만들되, 너희의 방어를 위해 품어라.

 너희의 지하실, 굴집, 쪽방으로 움츠러들라 —
너희가 치장하는 저택에서는 남이 살 테니.
왜 너희가 만든 사슬이 떨까? 너희도 보리라
너희가 담금질한 검이 너희를 흘겨보는 것을.

쟁기와 삽과 곡괭이와 베틀로
너희의 무덤길을 내고 너희의 무덤을 세우고

너희의 수의를 짜라 — 결국 아름다운

영국은 너희의 묘지가 되고 말 테니.

자유

Liberty

불같은 산들이 서로 화답한다.

그 천둥소리들이 지역에서 지역으로 메아리친다.

격렬한 대양들이 서로를 일깨우고

얼음-바위들이 겨울의 권좌를 감싸고 흔들린다.

바야흐로 태풍의 클라리온이 불리는 날이다.

조각구름에서 번갯불이 번쩍하자,

사방에서 수천 섬들이 빛을 발한다.

지진이 한 도시를 짓밟아 잿더미로 만들어버리자,

수백의 도시가 바들바들 떨며 비틀거린다. 그 소리가

지하에서 으르렁거리고 있다.

그러나 그대의 눈길이 번개의 섬광보다 날카롭고,

그대의 발걸음이 지진의 걸음보다 빠르다.

그대는 대양의 노호를 먹먹하게 하고, 그대의 응시는

활화산을 눈멀게 만든다. 태양의 밝은 등도

그대의 등불에 비하면 한낱 흐릿한 도깨비불이다.

파도와 산과 안개에서 벗어난

햇살이 증기와 폭풍을 뚫고 쏟아진다.

영혼에서 영혼으로, 나라에서 나라로,

도시에서 작은 마을로 그대의 여명이 쏟아지니 —

압제자들과 노예들이 마치 그 아침 햇살 날개에

사로잡힌 밤의 유령들 같다.

서풍에 부치는 노래

Ode to the West Wind

1

오 거친 서풍, 그대 가을의 숨결이여,

그대, 보이지 않는 존재로 인해 죽은 나뭇잎들이

날린다, 어느 마법사에게서 달아나는 유령들처럼

노랗고, 까맣고, 희멀겋고, 병 걸려 빨간

흑사병 걸린 무리들. 오 그대가,

어두운 겨울 침실로 나래 달린 씨앗들을

몰아가면, 저마다 무덤 속의 시체처럼

추운 그곳에 몸을 낮추고 누워있다가,

그대의 하늘색 누이 봄이 꿈꾸는 대지 위로

클라리온을 불 때 (달콤한 새싹들을

양 떼처럼 허공에 방목하여)

살아있는 색조와 향기로 들판언덕을 가득 채우리.

거친 정령, 그대는 곳곳에서 움직이는

파괴자며 보호자, 들어라, 오 들어보라!*

2

그대의 흐름, 가파른 창공의 동요에,

느슨한 구름이 대지의 죽은 잎처럼 흩어진다,

비와 번개의 천사들, 하늘과 대양의

뒤엉킨 가지에서 떨어져서. 그대의 바람 놀

푸른 표면에 몰려오는 폭풍의 머리 타래가

펼쳐져 있다. 어느 격렬한 마이나스**가

치켜올린 머리의 빛나는 머리칼같이,

아득한 수평선 끝에서

드높은 창공 끝까지, 그대, 저무는 해의

---

*   "들어라, 오 들어보라!"라는 표현에는 "(서풍이여, 내 말을) 들어라, 오
     들어보라!, (독자들이여, 내 말을) 들어라, 오 들어보라!, (독자들이여,
     서풍의 소리를) 들어라, 오 들어보라!"와 같이, 최소한 세 가지의 의미가
     담겨 있다.
** "마이나스"는 술과 식물의 신 바쿠스(디오니소스)를 숭배하는 여신도들
     로, 흔히 '광란하는 여자'를 가리킨다.

만가여, 그 곡조에 닫히는 이 밤은
어떤 거대한 무덤의 둥근 지붕이 되리라.
그대가 온 힘을 모아서 수증기 지붕을

이루면, 그 단단한 대기에서
검은 비와 불과 우박이 폭발하리라. 오, 들어보라!

3

바이아에만* 어느 부석 섬 옆에서,
수정 물결 소용돌이를 자장가 삼아
누웠다가, 잠 속에서

너무 고와서 묘사하는 감각마저 기절할 만큼
온통 푸르른 이끼와 꽃으로 휘덮여
파도의 한결 강렬한 빛 속에서 흔들거리는

고궁과 탑들을 보았던 푸른 지중해를,
그의 여름 꿈에서 깨웠던 그대! 그대가
나아갈 길을 트려고 대서양 급의 권력자들이

* "바이아에만"은 나폴리의 서쪽에 있다.

자신을 쪼개어 틈을 내는 동안에, 먼 해저의
바다-꽃들과 질척질척한 나무들도 대양의
수액 빠진 이파리를 걸치고 있다가, 그대의 목소리를

알아보고, 돌연 공포에 질려 잿빛이 되더니,
바들거리다가 제풀에 떨어지고 만다. 오, 들어보라!

4

내가 죽은 나뭇잎이라면 그대가 실어 갈 텐데,
내가 재빠른 구름이라면 그대와 날아갈 텐데,
그대의 위력에 헐떡이는 파도라면, 그대 힘의

추진력을 공유할 텐데, 아무래도 그대보다
자유롭지 못하나니, 오 제어할 수 없는 이여!
만일 내가 소년기에 있다면 그대 하늘 방랑길의

동무가 될 수 있으련만, 하늘을 나는 그대의 속도를
앞지르는 일이 한낱 꿈으로만 보이지 않았던
그때처럼. 그랬더라면 그대와 함께하고 싶어서,

이토록 간절히 기도하지는 않았으리.
오 나를 파도, 나뭇잎, 구름처럼 들어 올려다오!
나는 인생의 가시밭에 추락한다! 피를 흘린다!

시간의 무거운 짐이 그대와 똑같던 이를 사슬 채워
굴복시켜버렸구나. 길들일 수 없고 재빠르고 당당한 이.

5

나를 그대의 수금 삼아라, 숲이 그렇듯이!
내 이파리들이 숲의 나뭇잎처럼 떨어지면 어떨까!
그대의 강력한 화음들이 엮어내는 소동이

깊은 가을 곡조에서, 슬프지만 고운
가락을 타리라. 그대, 거친 정령이여,
내 정령이 되어라! 그대여 내가 되어라, 맹렬한 이여!

나의 죽은 생각들을 우주 너머로 몰아가라,
시든 잎들이 새 생명을 재촉하듯이!
그리고 이 시의 주문呪文에 따라,

흩뿌려라, 꺼지지 않은 화로에서 솟는
재와 불꽃 같은 나의 말들을 인류에게!
내 입술을 통해 깨어나지 않은 대지에

예언의 나팔이 되어라! 오, 서풍이여,
겨울이 오면, 봄이 저 멀리 있을까?

가을 : 만가

Autumn : A Dirge

따뜻한 해가 지고, 황량한 바람이 울부짖는다.

헐벗은 가지들이 한숨 쉬고, 창백한 꽃들이 시든다.

한 해가

자신의 임종 침상 대지에, 죽은 나뭇잎 수의에 싸여

누워있다.

오라, 달들이여, 어서 오라,

11월에서 5월까지

너희의 가장 슬픈 옷을 입고서.

죽어 식어 버린 한 해의

상여를 따라가서,

아련한 유령들처럼 그 무덤가를 지켜라.

차가운 비가 내리고, 서리 맞은 벌레가 기어간다.

강물이 불어나고, 천둥이 울리며

새해를 맞이한다.

쾌활한 제비들이 날아오고, 도마뱀들이 각자의 거처로

나아간다.

오라, 달들이여, 어서 오라,

흰색, 검은색, 회색 옷을 입고서.

 너희의 가뿐한 누이들이 놀게 두고 ―

너희야, 죽어 식어 버린 해의

상여를 따라가서,

눈물에 눈물로 그 무덤을 녹색으로 만들어라.

흰색, 검은색, 회색 옷을 입고서.

 너희의 가뿐한 누이들이 놀게 두고 ―

너희야, 죽어 식어 버린 해의

구름

The Cloud

나는 목마른 꽃들을 위해 바다와 강에서
싱그러운 소나기를 데려오고,
나는 한낮 꿈길에 잠겨 있는
잎들을 위해 엷은 그늘을 품어온다.
대지가 햇살에 덩실거릴 때면
내 날개에서 이슬방울을 떨구어
그 어머니 품에서 흔들거리다가 잠든
고운 꽃봉오리들을 모두 일깨운다.
나는 내리치는 우박 도리깨를 만들어
아래 녹색 벌판을 하얗게 물들이고,
다시 그것을 비로 녹여버리고
천둥소리로 웃어대며 지나간다.

나는 눈을 체질해서 아래 산들에 내리고
거대한 소나무들은 유령처럼 신음한다.
밤새도록 그 산은 나의 하얀 베개,
나는 폭풍의 품에 안겨 내내 잠을 잔다.
내 하늘 집의 탑 위에는 숭엄하게

나의 비행사 번개가 앉아있고,

그 아래 한 동굴에는 천둥이 족쇄에 묶여

안달복달 발작 난 듯이 으르렁거린다.

이 비행사가 다정한 몸짓으로

자줏빛 바다 깊은 곳에서

나다니는 도깨비들의 사랑에 홀려 있는

나를 이끌어 대지와 대양을 넘어간다.

실개천과 울퉁불퉁 바위와 언덕들을 넘고

호수와 벌판들을 넘어간다.

산 아래든 강물 밑에든, 그가 꿈꾸는 어디에나

사랑하는 정령이 살아있어서

번개는 소낙비에 젖어 녹아내리지만,

나는 하늘의 푸른 미소 받으며 일광욕을 즐긴다.

붉디붉은 일출이 숱한 유성의 눈에

불타는 깃털들을 활짝 펼치며

떠가는 내 조각구름 등에 훌쩍 올라탈 때면,

샛별이 반짝이다가 사라지고

마치 지진이 흔들고 뒤흔드는

어느 산 바위 절벽 뾰족한 끝에

내려앉듯, 웬 독수리가 빛나는

그 금빛 날개들에 싸여 잠시 앉아있곤 한다.

그러다가 일몰이 저 아래 불붙은 바다에서
저만의 휴식과 사랑의 열기를 내뿜고
저녁의 진홍빛 장막이 저 위의
하늘 심연에서 떨어질 무렵이면,
나도 날개들을 접고 나의 허공 둥지에서
알을 품은 비둘기처럼 조용히 쉰다.

인간이 달이라고 부르는
저 둥근 처녀가 하얀 불꽃을 신고
반짝거리며 한밤 산들바람에 흩뿌려진
나의 함대 같은 마루를 미끄러지듯 넘어가고,
오로지 천사들에게만 들리는
달의 보이지 않는 발소리가
내 텐트 지붕의 엷은 천을 찢을 때마다
달 뒤로 숱한 별들이 나타나서 기웃거리다가,
바람에 부푼 내 텐트의 틈을 벌려줄 때면
마치 금빛 벌 떼처럼
소용돌이치며 달아난다. 그 꼴을 보고 웃는 사이에
고요한 강, 호수와 바다에는 어느새
높이 떠 있는 나를 뚫고 추락한 하늘의 조각들처럼
달과 별들이 점점이 박힌다.

나는 태양의 옥좌를 불타는 띠로 묶고
달의 옥좌를 진주 끈으로 묶는다.
회오리바람이 나의 깃발을 펼칠 때면
화산들도 흐릿하고, 별들이 빙글빙글 요동친다.
나는 갑에서 갑까지, 다리-같은 모양으로,
소용돌이치는 바다 위에
 햇빛을 차단하는 지붕처럼 떠 있고 ―
산들은 그 지붕을 받치는 기둥이 된다.
내가 허리케인, 불꽃과 눈발을 거느리고
행진하여 들어가는 그 개선문은
대기의 권력자들이 나의 의자에 묶일 때면
백만 색조의 무지개가 되어, 위에서
천체-불꽃이 저만의 은은한 색조들을 짜는 동안,
밑에서는 축축한 대지가 웃음 지었다.

나는 대지와 바다의 딸이요,
하늘의 귀염둥이.
나는 대양과 육지의 기공들을 뚫고 간다.
나는 변하지만, 죽지는 않는다.
비가 내린 후에 티 한 점 없는
하늘 창공이 드러나고
바람과 햇빛이 각자의 볼록한 섬광으로

허공의 푸른 지붕을 쌓아 올릴 때면
나 자신의 기념비를 보며 조용히 웃다가,
어머니의 자궁에서 나오는 아기처럼,
무덤에서 도망치는 유령처럼, 비의 동굴에서
나타나서 그것을 다시 허물어버리기에.

종달새에게
To a Skylark★

반갑다, 즐거운 정령!
　너는 결코 새가 아니리라
천국 혹은 그 근방에서
　너의 벅찬 가슴을
즉흥적인 솜씨의 풍성한 가락으로 쏟아내는 너는.

높이 한층 더 높이
　대지에서 너는 솟구친다
한줄기 불 구름처럼,
　짙푸른 창공을 날아오른다.
한없이 노래하며 비상하고, 비상하며 줄기차게 노래
한다.

가라앉는 태양
　그 찬란한 금빛 속에서

★　유럽의 종달새는 하늘로 비상할 때만 노래하는 작은 새로, 흔히 보이지
않을 만큼 높이 비상한다. 이 새가 대지의 굴레에서 자유롭게 벗어나,
청각을 제외한 다른 감각으로 감지할 수 없을 만큼 높이 상승하기 때문
에, 인간의 경험을 초월하는 순수한 기쁨의 정령으로 간주 된다.

구름이 반짝이는 그 위에서
　너는 둥둥 떠서 내달린다,
마치 경주가 막 시작되어 육신을 떠난 기쁨처럼.

　연보랏빛 저녁이
　　너의 비행길에 두루 녹아든다.
　충만한 한낮 햇빛 속에
　　하늘의 한 별*처럼,
너는 안 보이지만, 그래도 너의 새된 환성이 들린다.

　그 은색 천체**의
　　빛살처럼 날카롭게
　그 강렬한 별빛이 가늘어지다가
　　청명한 하얀 새벽에
거의 보이지 않게 되어도, 별이 거기 그대로 있다고
느끼듯이.

　온 대지와 대기가
　　너의 목소리로 드높다,
　쓸쓸한 밤에

---

*　　저녁별 비너스.
**　"은색 천체"는 샛별 비너스를 말한다.

　　외로운 조각구름을 벗어난
달이 빛 비를 퍼부어 하늘에 철철 넘쳐흐르는 듯이.

　　너의 정체를 우리는 모른다.
　　뭐가 너를 가장 닮았을까?
무지개구름에서도 흘러나오지 않으리라
　　저리 눈부시게 밝은 방울들,
너의 몸에서 소나기처럼 쏟아지는 선율의 빗방울들은.

　　사색의 빛 속에
　　숨어 사는 시인 같구나,
환영받지 못하는 찬가를 부르다가
　　끝내 세상을 감동시켜
마음 쓰지 않았던 희망과 두려움에 공감하게 만드는
시인.

　　어느 궁전 탑 안에 있는
　　고귀한 태생의 소녀 같구나,
사랑에 괴로운 영혼을
　　은밀한 시간에
침실 가득 넘치는 사랑처럼 달콤한 음악으로 달래는
소녀.

　　어느 이슬 내린 골짝에
　　　금빛 반딧불이 같구나,
　　자기를 감싸주는
　　　꽃밭과 풀밭에
　　자신의 영묘한 색조를 아낌없이 흩뿌리고 있는 반딧
불이.

　　녹색 잎사귀들 속에
　　　둘러싸인 한 송이 장미 같구나,
　　더운 바람에 꺾였어도
　　　아주 진하고 달콤한 향기를
　　내뿜어서 그 무거운 날개의 도둑*을 기절시켜버리는
장미.

　　반짝이는 풀밭에 내리는
　　　봄 소나기 소리,
　　비가 일깨운 꽃들,
　　　지금껏 존재한
　　즐겁고 맑고 싱싱했던 모든 것을 너의 음악은 능가
한다.

－－－－－－
＊　"무거운 날개의 도둑"은 "더운 바람"을 가리킨다.

가르쳐다오, 정령 혹은 새여,
　몹시도 달콤한 너의 생각들을.
　나는 아직껏 들어보지 못했다
　저토록 성스러운
환희의 홍수를 숨차게 내뱉는 사랑의 찬가도 술의
찬가도.

　결혼 합창도,
　승전가도
　너의 노래에 비하면 모두
　공허한 허풍,
감춰져 있으나 왠지 부족한 듯이 하찮은 곡에 불과
하리라.

　어떤 대상들이 너의 행복한
　가락의 원천일까?
　어떤 들판, 파도 혹은 산들이?
　하늘이나 평원의 모습은 어떨까?
너희 족속의 사랑은 어떨까? 고통을 모르는 무엇일까?

　너의 맑고 강렬한 기쁨에

번민일랑은 없으리라.
괴로움의 그림자는
네 가까이 얼씬도 못 했으니.
너도 사랑한다. 그러나 결코 사랑의 슬픈 만족을 몰랐다.

깨어 있거나 잠들었거나
너는 필시 죽음에서 한결
진실하고 심오한 사태를 생각하리라,
우리 인간이 꿈도 못 꾸는.
그러지 않고서야 어찌 너의 선율이 저리 수정 물결처럼 흐를까?

우리는 앞과 뒤를 살피며
부재하는 무언가를 연모한다.
우리의 가장 진실한 웃음도
어떤 고통으로 가득 차 있고,
우리의 가장 달콤한 노래들도 가장 슬픈 생각을 들려주는 것들이다.

그렇지만 우리가 증오와 오만
공포를 경멸할 수 있다면,

우리가 눈물을 흘리지 않는

　존재로 태어난다면,

우리가 너의 기쁨에 가까이 다가갈 방도가 있을까.

　즐거운 소리의

　온갖 선율보다,

책 속에 들어 있는

　온갖 보물보다도

너의 기예가 시인에게는 더 아름다웠다, 너, 땅의 경

멸자여!

　나에게 너의 머리가 알고 있을

　기쁨의 절반이라도 가르쳐다오,

그런 조화로운 광희가

　내 입술에서도 흘러나오게.

그러면 세상도 귀를 기울일 테니, 지금 내가 듣고 있

듯이.

여름과 겨울

Summer and Winter

밝고 상쾌한 어느 날 오후,

햇살 밝은 유월의 끝 무렵이었다.

북풍이 지평선에서

떠 있는 산 같은 은색 구름들을

 한 무리로 모으고 — 티 없는 하늘이

구름 너머로 영원처럼 열려 있었다.

만물이 햇살 아래 즐거웠다. 잡초밭,

강과 옥수수밭과 갈대밭도,

가벼운 미풍에 반짝이는 버드나무 잎들,

그보다 큰 나무들의 단단한 잎사귀들도.

새들이 깊은 숲에서 죽어가고,

물고기들도, 따듯한 호수의 진흙마저

벽돌처럼 딱딱한 주름진 흙덩이로

만들어버리는 반투명의 얼음 속에 갇혀

굳어 있는 어느 겨울날이었다.

누긋한 어른들이 자식들을 비집고

큰 난롯가로 모여들어도, 추운 날이었다.

아 어쩌나, 그런 날, 집도 없는 늙은 거지!

아 어쩌나, 그런 날, 집도 없는 늙은 거지!

시든 제비꽃에 대하여

On a Faded Violet

꽃에서 향기가 사라져버렸구나
　당신의 키스 같은 향을 풍겼는데,
꽃에서 색이 바래버렸구나
　당신, 꼭 당신처럼 볼그족족했는데!

한낱 시들어, 생기를 잃은 빈 형상,
　그것이 버림받은 내 가슴에 누워,
차갑게 말없이 쉬면서 여전히 따뜻한
　가슴을 조롱하는구나.

내가 울어도 — 내 눈물이 꽃을 못 살려내고!
　한숨 쉬어도 — 꽃은 향기를 내뿜지 않는구나.
말도 없고 불평도 없는 이 꽃의 운명이
　바로 나의 운명일 듯싶구나.

노래 : "어쩌다, 어쩌다 찾아오는 너"

Song : "Rarely, Rarely, Comest Thou"

어쩌다, 어쩌다 찾아오는 너,
　기쁨의 정령이여!
그 많은 낮과 밤을 내게 남겨두고
　너는 어디로 가버렸느냐?
수없이 지루한 밤낮이었다
네가 달아나고 난 뒤로 내내.

나 같은 이가 대체 어찌해야만
　너를 다시 차지할까?
즐거운 이들, 자유로운 이들과
　너는 고통을 비웃으리라.
부당한 정령! 너는 잊어버렸다
네가 필요로 하지 않는 이들을 빼고는 모두.

떨리는 나뭇잎 그림자에
　허둥대는 도마뱀처럼
너는 슬픔에 당황하지만,
　비탄의 한숨마저

너를 비난한다, 네가 곁에 없다고,
비난한다, 네가 들으려 하지 않는다고.

나의 구슬픈 노래를
  즐거운 선율로 고쳐 쓰게 해다오.
너는 동정심에 오지는 않으리라,
  너는 쾌락을 위해 찾아오리라.
그러면 동정심이 그 잔인한 날개를
베어버리고, 이내 너는 머물게 되리라.

네가 사랑하는 모두를 나도 사랑한다
  기쁨의 정령이여!
새잎 옷을 입은 활기찬 대지,
  별 총총한 밤도,
가을 저녁과 금빛 안개가
태어나는 아침도.

나도 눈雪과 빛나는 서리의
  온갖 형상을 사랑한다.
나도 파도와 바람과 폭풍
  자연의 소유물로,
인간의 불행에 물들지 않는

거의 모두를 사랑한다.

나도 고적한 고독,
　조용하고 사려있고 건전한
교제를 사랑한다.
　너와 나 사이에 다른 것이
뭐냐? 그저 내가 찾는 것들을
네가 소유할 뿐, 똑같이 사랑하나니.

　나도 사랑을 사랑한다 — 날개가 있어서
　빛처럼 달아날 수 있어도.
그러나 다른 무엇보다도
　정령이여, 너를 가장 사랑한다 —
너는 사랑이요 생명! 오 어서 와서,
다시 한번 내 가슴을 너의 집 삼아다오.

무상
Mutability

오늘 미소하는 꽃은

내일이면 시든다.

우리가 머물기를 바라는 모든 것이

유혹하다 날아가 버린다.

이 세상의 기쁨은 뭘까?

밤을 비웃는 번개도

밝지만 짧다.

미덕은 얼마나 덧없나!

우정은 얼마나 드문가!

사랑은 오만한 절망 때문에

얼마나 하찮은 희열을 파는가!

하지만 우리는, 이내 다 쇠락하더라도,

그 모든 기쁨과 우리 것으로 부르는

모든 것보다 오래 살아남는다.

창공이 푸르고 밝게 빛나는 동안,

꽃들이 즐거이 피어 있는 동안,

밤이 되기 전에 변화무쌍한 눈들이

낮을 기쁘게 하는 동안,

고요한 시간이 기어갈 동안

그대 꿈을 꾸어라 – 그리고 잠에서

깨어 눈물을 흘려라.

추억

Remembrance

여름의 비행보다도 훨씬 빠르게 —

청춘의 환희보다도 훨씬 빠르게 —

행복한 밤보다도 훨씬 빠르게

너는 왔다가 가 버린다 —

이파리들이 죽어버린 대지처럼,

잠을 재촉하는 밤처럼,

기쁨이 달아나버린 가슴처럼,

나는 홀로, 홀로 남아 있다.

제비 여름은 다시 찾아온다 —

올빼미 밤도 자기 치세를 재개한다 —

그러나 야생-백조 젊음은 너와 함께

날아가고 싶다, 네가 거짓될지라도 —

내 가슴은 날마다 내일을 갈망한다.

잠 자체가 슬픔으로 변해버렸다.

헛되이 나의 겨울은 아무 가지에서나

해 밝은 잎들을 빌려 오고 싶다.

백합은 신혼 침상을 위해서 —

장미는 부인의 머리를 위해서 —

제비꽃은 죽은 처녀를 위해서 —

팬지가 나의 꽃이었으면 좋겠다.

내가 품고 가는 살아있는 무덤에

눈물 없이 그 꽃들을 뿌려주기를 —

아무리 사랑하는 친구라도, 어떤 희망,

어떤 두려움도 나를 위해 허비하지 않기를.

지나가 버린 옛날

Time Long Past

죽은 어느 귀한 친구의 유령처럼

　　　　　지나가 버린 옛날.

이젠 영원히 사라져버린 어떤 음조,

이젠 영원히 가 버린 어떤 희망,

너무 아름다워서 오래 못 가는 사랑처럼,

　　　　　지나가 버린 옛날이 있었지.

지나가 버린 옛날의 그 밤에는

　　　　　달콤한 꿈들이 있었지.

그래서, 슬플 때나 기쁠 때나,

매일 그림자가 앞으로 드리워져도

그날만은 지속되기를 바랐지 —

　　　　　지나가 버린 그 먼 옛날만은.

남은 것은 거의 후회 같은, 슬픔뿐,

　　　　　지나가 버린 먼 옛날 때문.

그것은 아버지가 지켜보는 자식의

소중한 시신 같은 것, 그제야

지나가 버린 먼 옛날이 추억처럼 드리우는

아름다움 같은 것.

나폴리 근교에서 시름에 잠겨 쓴 시
Stanzas Written in Dejection, Near Naples

태양은 따듯하고, 하늘은 맑다.

파도는 하염없이 반짝반짝 춤추고

푸른 섬들과 눈 덮인 산들은

보랏빛 한낮의 투명한 위용을 띠고 있다.

축축한 대지의 숨결이 가볍게,

피어나지 않은 꽃봉오리들을 맴돈다.

한 기쁨의 수많은 소리처럼,

바람, 새들, 대양의 양양한 물결,

도시의 소리마저 고독의 소리처럼 은은하다.

녹색과 자주색 해초들로 뒤덮인

심연의 밟히지 않은 바닥이 보인다.

파도들이 해변으로 밀려든다

마치 쏟아진 유성우에 녹아든 별빛처럼.

나는 홀로 모래밭에 앉아있다 —

한낮 대양의 윤슬이

사방에서 반짝거리고, 일정한 가락이

그 정연한 동태에서 일렁인다.

지금 내 감정을 함께 나눌 누가 있다면 정말 행복하
려만!

아아! 나에게는 희망도 건강도 없고
마음속의 평화도 주변의 고요도 없고
현자가 명상 속에서 발견해서
내적인 광휘에 휘덮인 채 거닐었던,
그런 부귀를 초월하는 만족감도 없다 —
명성도, 권력도, 사랑도, 여가도 없다.
그런 것들에 둘러싸인 타인들이 보인다 —
미소하며 그들은 살아가고, 인생이 즐겁다 한다 —
나에게 그 잔은 내내 다른 척도로 다루어졌다.

하지만 이제는 절망마저 가뿐하다
바람과 바다가 잔잔하듯이.
내가 피곤한 아이처럼 드러누워
그동안 견뎌 왔고 또 감내해야 하는
근심의 삶을 눈물로 보내다 보면,
죽음이 잠처럼 슬며시 나를 덮쳐
따스한 바람결에 내 뺨이 식어 가는 것을
느끼고, 바다가 마지막으로 단조롭게 읊조리며
아련해지는 나의 뇌를 휘덮는 소리를 들으리라.

내 몸이 식으면 누군가가 슬퍼할지 모른다

나처럼, 이 아름다운 하루가 끝난 것을,

너무 빨리 늙어 버린 나의 길 잃은 가슴이

이 어울리지 않는 신음으로 모욕하듯이.

누군가가 슬퍼하며 — 나는 사람들이 사랑하지 않는

사람이기에 — 아쉬워할지 모른다.

오늘과 다르게, 그런 아쉬움에, 태양이

티 없는 광휘를 발하며 저물 때면,

즐거웠더라도, 기억 속의 기쁨처럼, 어른거리리라.

저녁 : 피사의 알 마레 다리

Evening : Ponte Al Mare, Pisa

해가 지고, 제비들은 잠들었다.

박쥐들이 회색 허공에서 휙휙 날아다닌다.

느리고 매끈한 두꺼비들이 축축한 구석에서 기어 나

오고,

저녁의 숨결은, 바들거리는 강물 위에서

이리저리 배회할 뿐,

여름 꿈에 잠긴 강에서 잔물결 하나 일깨우지 않는다.

오늘 밤에는 마른 풀에 맺힌 이슬 한 방울 없고

나무 그늘에 들어가도 눅눅하지 않다.

바람이 물기 없이 가벼이, 불다 그치다 하고,

산들바람의 그 변덕스러운 동태에

먼지와 지푸라기들이 솟았다가 가라앉아

도시의 포도를 맴돈다.

덧없이 흘러가는 강의 수면 속에

도시의 주름진 상이 가라앉아

고정된 채 불안하게, 끊임없이

흔들리지만, 절대 사라지지 않는다.

[알 마레 다리로] 가 보라.

당신은 변하더라도, 그곳은 지금과 똑같으리라.

해가 가라앉은 깊은 골이 잿빛 구름의

칠흑 같은 장벽들에 막힌다

마치 산 위에 산이 마구 쌓이듯이 — 그런데

활기차게 점점 커지며 상승하는

그 위의 물빛 푸른 공간을 헤치고,

예리한 저녁별이 빛나고 있다.

비가

A Lament

오, 세계여! 오 인생이여! 오 시간이여!

너희의 마지막 계단에 올라

  그전에 섰던 데를 보며 전율하나니,

언제나 너희 청춘의 영광이 돌아올까?

           영영— 오, 영영 오지 않으리라!

낮을 두고 밤도 두고

기쁨이 날아가 버려서,

  새봄도, 여름도, 서릿빛 겨울도

무력한 내 가슴을 슬프게 할 뿐, 기쁨은

           영영— 오, 영영 없으리라!

시간
Time

헤아릴 수 없이 깊은 바다! 너의 파도는 세월,
　시간의 대양, 네 깊은 고뇌의 물이
인간 눈물의 소금기로 짭짤하구나!
　끝없는 물결, 너는 밀물과 썰물로
죽음의 경계를 장악한 채
　신물이 나게 포식하고도, 더 한껏 아우성치며
너의 잔해들을 황량한 해변에 토해내나니.
　고요해도 위험하고, 폭풍이 일면 무서운
　　너, 헤아릴 수 없이 깊은 바다를
　　누가 감히 범하랴?

밤에게

To Night

잽싸게 서쪽 파도를 넘어오라

　　　　　　밤의 정령이여!

네가 길고 외로운 낮 내내,

너를 무섭게도 정겹게도 만드는

공포와 환희의 꿈들을 엮던 곳,

그 안개 낀 동쪽 동굴을 나와 ―

　　　　　　잽싸게 비상하라!

별들이 수 놓인 잿빛 망토로

　　　　　　너의 몸을 감싸라!

네 머리칼로 낮의 눈들을 가려버려라.

낮이 지쳐 떨어지도록 키스해주고*

도시와 바다와 육지를 유랑하라

네 아편 지팡이로 만물을 건드리며 ―

　　　　　　오라, 오래 기다렸나니!

―――――――

* 셸리는 '낮'을 여성으로, '밤'을 남성으로 의인화하였다. 그러므로 이 시
의 시적 화자를 '남자 애인을 애타게 기다리는 여인'으로 상상하며 읽어
보면 좋겠다.

일어나 새벽을 보고는

　　　　　　네가 그리워 한숨지었다.

해가 높이 솟고 이슬이 사라질 때도

한낮이 꽃과 나무에 무겁게 내려앉을 때도

지친 낮이 휴식처로 돌아가며

마치 불청객처럼 머뭇거릴 때도

　　　　　　네가 그리워 한숨지었다.

너의 형제 죽음이 다가와서 소리쳤다

　　　　　　나를 찾았는가?

너의 고운 자식, 잠도 실눈을 뜨고서

한낮의 벌처럼 속삭였다

내가 네 곁에 누울까?

나를 원하니? — 그래서 내가 대꾸했다

　　　　　　아니, 너희가 아니야!

네가 죽으면 죽음이 올 테니

　　　　　　금시에, 순식간에 —

네가 떠나면 잠도 올 테니

둘에게는, 사랑스러운 밤, 너에게

바라는 은혜를 청하고 싶지 않으니 —

다가오는 너의 비행을 재촉하여

어서 오라, 어서!

세상의 방랑자들

The World's Wanderers

말해다오, 빛의 날개로

불같이 비상하는 별이여,

밤의 어느 동굴에서

이제 너의 나래를 접을래?

말해다오, 하늘의 집 없는 길을

순례하는 파리한 잿빛 달이여,

밤 혹은 낮의 어느 심연에서

이제 너는 휴식을 취할 거니?

세상의 버림받은 손님처럼

방황하는 지친 바람이여,

나무나 파도 위에

아직 너의 은밀한 둥지가 있니?

지성미 찬가

Hymn to Intellectual Beauty

1

어떤 보이지 않는 힘의 두려운 그림자가

보이지는 않지만, 우리 사이에서 떠다닌다 — 꽃에서

꽃으로 기어가는 여름 바람처럼 변덕스럽게

날갯짓하며 이 변화무쌍한 세상에 머문다 —

어느 소나무 무성한 산 너머로 쏟아지는 달빛처럼

이따금 섬광을 번득이며

뭇 사람의 가슴과 얼굴에 찾아든다.

저녁의 색조와 화성和聲들처럼 —

별빛 속에 드넓게 펼쳐진 구름처럼 —

달아나버린 음악의 기억처럼 —

아담雅澹해서 소중하고 신비로워서

더한층 귀한 무엇처럼.

2

온갖 인간의 사고와 형상에 빛을 비추어

너만의 고유한 색조로 성스럽게 만드는

미美의 정령 ─ 너는 어디로 가버렸나?

왜 너는 떠나서 우리 세상, 이 어둡고 광대한

눈물의 골짝을 공허하고 쓸쓸하게 버려두나?

왜 햇빛은 저 산과 강 위로

무지개를 영원히 엮어내지 않나,

왜 한번 태어난 것은 다 쇠하여 사라져야 하나,

왜 두려움과 꿈과 죽음과 탄생이

대낮처럼 밝은 이 대지에 저토록 우울한

그늘을 던지나 ─ 왜 사람의 마음을 하고많은

사랑과 증오, 낙담과 희망이 차지하고 있나?

3

한결 숭고한 세상의 어떤 목소리도

현인이나 시인에게 답을 주지 않았다 ─

그래서 귀신, 유령, 천국 같은 이름들이

그들의 헛된 노력을 전하는 기록들로 남았으나,

다 부질없는 주문들 ─ 그 마법 주문을 외워봤자

우리가 듣고 보는 모든 것에서

의심, 우연과 무상을 끊어내지 못한다.

오직 너의 빛만이 — 산 위로 흩어지는 안개같이,

어느 고요한 악기의 현을 스치고

밤바람에 실려 온 음악같이,

한밤 강물에 깃든 달빛같이,

삶의 불안한 꿈에 우미優美와 진실을 부여한다.

4

사랑도, 희망도, 자존도, 구름처럼

떠나거니 오거니, 잠시 잠깐 머물 따름이다.

미지의 두려운 존재, 네가

너의 장려한 일행과 함께 인간의 가슴속에

확고히 자리를 잡으면, 인간은 불멸하고 전능하리라.

너는 연인들의 눈에서 커지고 작아지는

공감의 전달자요 —

밤이 꺼져가는 불꽃을 먹여 살리듯

너는 인간의 사고에 자양분이기에!

환영처럼 왔다가 떠나지 말기를,

떠나지 말기를 — 무덤이, 삶과 공포처럼,

음산한 현실이 되지 않게 해주기를.

5

소년 시절에도 나는 유령들을 찾아다녔다. 가만히

듣고 있는 숱한 방, 동굴과 옛터, 별빛 숲을

헤치고 두려운 발걸음으로 나아가며

떠나버린 옛사람들과 고상한 얘기를 나누고 싶었다.

그래서 어렸을 때 듣고 자란 역한 이름들을 불러댔
지만

아무 대답이 없었고 — 아무도 보이지 않았다 —

그런데 바람이 온갖 생명체들에게

구애해서 새들과 개화의 소식을

전하도록 일깨우는 즐거운 계절에,

인생의 운명에 대해 깊이 생각하고 있는데 —

갑자기, 너의 그림자가 나를 덮쳤다.

나는 비명을 질렀고, 황홀하여 두 손을 꼭 쥐었다!

6

나는 나의 온 힘을 너와 너의 분신들에게 바치리라

맹세하였다 — 내가 그 맹세를 지키지 않았나?
고동치는 심장과 흐르는 눈물로, 지금도
나는 하나같이 말 없는 무덤에서 천년세월의
환영들을 불러낸다. 그들은 고심하는 열정
혹은 사랑의 환희로 지은 환상의 거처에서
나와 함께 시샘하는 밤을 지새웠다 —
네가 이 세상을 악독한 굴종에서
해방해주리라 — 오 두렵고도 사랑스러운
네가 이런 말로 표현할 수 없는 것들을
다 주리라는 희망과 무관한 어떤 기쁨도
나의 이마를 밝혀주지 못했다는 것을 그들은 안다.

7

정오가 지나면 날이 한결 엄숙하고
고요해진다 — 가을에는
여름내 듣지도 보지도 못한
화성이 있고, 그 하늘만의 빛깔이 있다,
마치 있을 것 같지 않은, 마치 없었던 것 같은!
그러니 마치 자연의 진리처럼
나의 순종 어린 청춘을 급습한

너의 힘으로, 앞날의 삶에도 고요를

베풀어 주기를 — 너를 숭배하는 이에게

또 너를 품고 있는 모든 형상에게

공정한 정령, 너의 주문들이

스스로 두려워하고 모든 인류를 사랑하라고 구속했

나니.

몽블랑

Mont Blanc

샤모니 계곡에서 쓴 시

1

만물의 영구한 우주가

정신 속을 흐르며 쉼 없이 파도친다.

때론 어둑하고 — 때로는 반짝이다 — 때론 그림자

를 드리우고 —

때로는 광채를 발한다. 그 은밀한 빛 샘에서

인간 사고의 원천은 그 지류의 물을

끌어온다 — 본음의 반밖에 안 되는 소리의 물,

그렇게 실개천처럼 가냘픈 소리가 종종 들리리라

야생의 숲에서, 호젓한 산중에서,

폭포가 끝없이 맴돌며 뛰어오르는 곳에서,

나무들과 바람이 다투고, 방대한 강이

바위들을 넘어 끊임없이 부서지며 날뛰는 그곳에서.

2

그렇게 너, 아르베 계곡 — 짙고 깊은 골짝 —
너는 온갖 색조, 숱한 목소리의 골짜기,
너의 소나무 숲, 험한 바위산과 동굴들 위로
구름 그림자와 햇살이 빠르게 날아간다. 두려운 광경,
아르베 계곡을 닮은 힘이 그 비밀 권좌를
에두르고 있는 얼음 심연에서
폭풍을 가르는 번갯불처럼 이 검은 산들을
뚫고 폭발하며 내려오는 곳 — 너는 거기에 있다.
네 몸을 감싸고 매달려 있는 거대한 소나무 새끼들,
태고의 자식들, 그들을 열렬히 흠모하는
고삐 풀린 바람이 예나 지금이나 변함없이 찾아와
그 향기를 들이켜고, 그 굉장한 요동 소리 —
예스럽고 장중한 화성을 듣는다.
너의 지상 무지개들은 크게 굽이치는 영묘한
폭포를 가로질러 뻗쳐서, 조각되지 않은
어떤 형상을 베일처럼 덮어주고, 그 황무지의
소리들이 잠잠해질 때면, 이상야릇한 잠이
그만의 깊은 영원 속에 모두를 감싼다 —

아르베 계곡의 동요에 메아리치는 너의 동굴들,

어떤 소리도 길들일 수 없는 크고 쓸쓸한 소리,

끊임없는 활동으로 가득 차 있는

너는 그 쉼 없는 소리의 길이다 —

아찔한 계곡! 너를 응시하고 있노라면

마치 숭고하고 신기한 황홀경에 빠진 듯이

내 몸에서 분리된 환상을 바라다보며,

나 자신의, 나의 인간 마음이 순종적으로

시시때때로 하염없이 영향을 주고받으며

주변에 있는 사물들의 투명한 우주와

간단없이 상호교감을 나누고 있는 것 같다.

거친 상념들의 군단, 그 배회하는 날개들이

때로는 너의 암흑 위로 떠 오르고, 때로는

그 상념이나 네가 손님으로 초대받은

마녀 포에지*의 고요한 동굴에서 쉬며,

스쳐 가는 그림자들, 존재하는 온갖 사물들의

유령들 사이에서 너의 어떤 망령, 어떤 환영,

어떤 희미한 잔상을 찾는다. 가슴이 자기 품에서

달아난 그것들을 되부를 때까지, 너는 거기 있다!

---

* "마녀 포에지"는 "상상력"의 의인화.

혹자는 말한다. 아주 먼 세상의 어렴풋한 빛들이
잠든 영혼을 찾는다고 — 죽음은 잠이요,
죽음의 형상들이 깨어 살아있는 이들의
바쁜 상념들보다 훨씬 많다고. — 나는 높이 바라본다.
어떤 미지의 무한한 힘이 삶과 죽음의
베일을 펼쳐놓았나? 아니면 내가 누워서
꿈을 꾸나, 그래서 한결 강력한 잠의 세계가
먼 사방 닿을 수 없는 곳까지 마법의
원을 펼치나? 절벽에서 절벽으로 밀려가다가
보이지 않는 질풍에 휩쓸려 사라지는
정처 없는 구름처럼, 떠돌던 혼도 스러지고!
멀리, 아득히 높은 곳에서, 무한 창공을 꿰찌르며
몽블랑이 나타난다 — 고요히, 눈에 쌓여, 평온하게 —
신하 산들이 초자연적인 형상들을
그 얼음 바위산 주위에 쌓는다. 그 사이사이에
언 물결, 헤아릴 수 없는 심연의 넓은 계곡들이
위에 걸려 있는 하늘처럼 푸르게, 차곡차곡 쌓인
절벽들 사이로 구불구불 펼쳐져 있다.
폭풍만이 사는 오지, 암독수리가
웬 사냥꾼의 뼈를 물어오고, 늑대가 거기까지

그 독수리를 추적할 때를 빼고는 — 얼마나 섬뜩하게

그 형상들이 주위에 쌓여 있는지! 거칠고, 황량하고, 높고,

무섭고, 흉 지고, 찢긴 형상들. — 바로 이런 광경에서

그 옛날 지진-다이몬*이 어린 자식들에게 폐허를

가르쳤을까? 이것들은 그들의 장난감? 아니면

불의 바다가 예전에 이 고요한 눈밭을 덮어버렸나?

아무도 대답할 수 없다 — 지금은 다 영원 같으니.

저 야생에는 두려운 의심, 아니면 아주 온화하고

아주 엄숙하고 아주 평화로운 믿음을 가르치는

신비로운 언어가 있어서, 인간은 오로지

그런 믿음을 통해서만 자연과 어우러질 수 있다.

위대한 산, 너는 협잡과 비애의 온갖 규약을

철폐시키는 목소리를 품고 있다. 모두가

이해하는 것은 아니지만, 현명하고 고결하고 선량한

이들은 그 뜻을 헤아려서, 느끼게 되거나 깊이 절감

한다.

4

---

* "지진-다이몬"(Earthquake-daemon)에서 '다이몬'은 신과 인간의 중간에
있는 초자연적인 존재로, 보통 자연의 여러 가지 힘을 가리키며, 여기서
는 지진을 일으키는 힘을 나타낸다.

들판들, 호수들, 숲들과 개울들,

대양과 천변만화의 대지* 안에서

거주하는 온갖 생명체들, 번개와 비,

지진과 열화 같은 물결과 허리케인,

희미한 꿈들이 숨은 새싹들에 머물거나

꿈 없는 잠이 미래의 모든 잎과 꽃을

품고 있는 마비의 계절 ― 그 싫증 나는 몽환에서

그것들이 갑자기 뛰어오르는 약동,

인간의 행적과 행위들, 그들의 죽음과 탄생,

한 사람의 생사와 그와 관련된 모든 것,

시끌벅적 고생하며 움직이고 숨 쉬는 만물이

태어나고 죽는다. 맴돌다 가라앉고 솟아오른다.

힘은 초연히 떨어져서 저만의 고요 속에 살아있다

멀리 떨어져서, 평화롭게, 접근 불가한 곳에.

바로 이것, 내가 응시하는 대지의

적나라한 용모, 이 원시의 산들도

주시하는 마음을 가르친다. 빙하가 기어간다.

먹잇감을 주시하는 뱀처럼, 아득한 원천에서

---

* 셸리는 크레타섬에 미로를 만들고 비행 날개를 만들어 탈출한 다이달
로스(Daedalus)를 연상하여, "다이달로스 같은(daedal)"이라는 표현으로,
'복잡하고 영리하게 창조된'이라는 뜻을 동시에 전달한다. 원문 "다이달
로스 같은 대지(daedal Earth)"를 "천변만화의 대지"로 번역하였다.

느리게 굽이쳐 나온다. 저기 저 수많은 절벽을

서리와 태양이 그동안 인력人力을 비웃으며

쌓아놓았다. 둥근 지붕, 피라미드와 뾰족탑,

난공불락의 숱한 성채와 빛나는

얼음 성벽으로 꾸며져 있는 죽음의 도시.

아니, 어떤 도시가 아니라, 파괴의 큰물이

거기에 있다. 그 하늘의 경계에서

영원한 강물이 굽이쳐 나온다. 거대한 소나무들이

그 운명의 물길을 휘덮거나, 짓이겨진 흙 속에

가지 없이 산산이 찢겨 서 있다. 바위들이

저 까마득한 황무지에서 굴러 내려와,

죽은 세계와 살아 있는 세계의 경계를 파괴해버려서

다시는 복구되지 않았다. 곤충들, 짐승들과

새들이 살던 곳도 결딴나서 그들의 먹이도

피신처도 영원히 사라져버렸다.

그렇게 많은 목숨과 기쁨이 사라졌다. 인간 종족도

두려워서 멀리 달아난다. 그의 일터와 집도

밀려드는 폭풍 앞에 연기처럼 사라져서 이제는

자취조차 알 수 없다. 저 아래, 거대한 동굴들이

몰아치는 급류의 어지러운 섬광 속에서 반짝이고,

헤아릴 수 없는 그 구렁들에서 법석거리며 분출한

물줄기들이 계곡에서 만나 웅대한 강을 이루며,*

저 머나먼 오지의 숨과 피가 영원토록

아우성치며 넘치는 물을 대양 파도에 흘려보내,

재빠른 증기들을 휘도는 대기로 내뿜는다.

5

몽블랑은 여전히 드높이 번쩍인다. — 힘이 저기에

있다

수많은 광경과 온갖 소리, 숱한

생사를 품은 고요하고 장엄한 힘이 있다.

달이 뜨지 않는 밤들의 적막한 어둠 속에서,

한낮의 쓸쓸한 섬광 속에서, 저 산 위에

눈이 내린다. 아무도 저기 저 눈을 보지 않는다

눈송이들이 가라앉는 햇살 속에서 불탈 때도,

별들이 그 눈송이 사이로 빛살을 던질 때도. — 바람이

거기서 조용히 다투며 빠르고 강한 숨결로

눈을 쌓아 올린다. 그러나 고요히! 그 집을

---

* 아르베강(River Arve)을 가리킨다. 이 강은 몽블랑 산기슭의 샤모니 계곡에서 발원해서 제네바시 근처의 제네바 호수(Lake Geneva)로 흘러가고, 그 근처의 론강(River Rhone)이 다시 제네바 호수에서 흘러나와 프랑스를 경유해서 지중해로 나아간다.

소리 없는 번개가 쓸쓸한 고독 속에서

천진난만하게 지키며, 수증기처럼 조용히

눈을 품고 있다. 사고를 지배하고, 무한한

하늘지붕을 향해 마치 법처럼 존재하는 사물들의

불가사의한 힘이 너에게 깃들어 있다!

그러니 인간 마음의 상상물들에게

침묵과 고독이 공허일 뿐이라면,

너와 대지와 별들과 바다가 무슨 소용이랴?

황금-혀의 로맨스

존 키츠

John Keats 1795.10.31~1821.2.23.

1795년 시월의 마지막 날에 런던에서 태어난 존 키츠 — 그의 아버지는 마차 대여점의 마부였고 어머니는 그 가게 주인의 딸이었다. 바이런-셸리만큼 풍족하지는 않았으나, 가게를 물려받은 부모덕에 꽤 유복한 유년 시절을 보냈다. 작은 체구였으나 성격이 암팡져서 걸핏하면 치고받고 싸운 말썽꾸러기 소년 키츠 — 그는 다니던 학교장의 아들을 통해 중세와 르네상스 시대의 주요 작가들과 작품들을 접하고부터 문학과 시에 관심을 가지게 되었다. 그런데 부모님이 일찍 돌아가시는 바람에, 할머니가 정한 후견인들의 개입으로 의학을 공부하게 되었고 약사 자격증까지 따게 되었다는 키츠 — 그는 당대의 스타 시인 바이런, 이름난 언론인이자 시인 리 헌트의 자극과 격려에 의학을 포기하고 시에 매진하여, 1817년 스물한 살에 첫 시집을 세상에 내놓는다. 결핵으로 사망한 그의 25년 4개월 짧은 인생을 감안하면 꽤 오랜 시간이 걸린 셈이다. 부모로부터 물려받은 유산이 상당했지만 복잡한 상속 절차에 휘말려 죽을 때까지 아무 혜택도 못 받고 내내 궁핍하게 살았던 존 키츠 — 그럼에도 그는 빼어난 감각의 언어로 상상 세계와 현실 간의 팽팽한 긴장미를 그려냈고 "아름다운 것은 영원한 기쁨," "미는 진리요, 진리는 미"라는 그만의 독특한 예술관을 구축하였다. 그의 때 이른 죽음은 위대한 셰익스피어의 그것에 비견될 만큼, 안타깝고 안타깝게 여겨지곤 한다.

나이팅게일에게 부치는 노래

Ode to a Nightingale

1

가슴이 아리고, 졸린 듯한 마비에 감각이
괴롭다, 마치 독당근 액을 들이켠 듯이,
무지근한 아편제를 찌꺼까지 다 비워서
금시에 망각의 강으로 가라앉는 듯이.
너의 행복한 운명이 부러워서가 아니라
행복한 너로 인해 너무 행복해서 그런 것 —
가벼운 날개 달린 나무의 요정, 네가
녹색의 너도밤나무
무수한 그림자 사이 어느 음악당에서
편안하게 목청껏 여름을 노래하기에.

2

아, 포도주 한 모금 했으면! 깊이 팬
땅속에서 오랜 세월 차갑게 숙성되어

플로라와 시골 풀밭, 춤과 프로방스의

노래와 볕에 그을린 웃음 맛 나는 술을.*

아, 따듯한 남부를 그득 담은,

정말, 볼그족족한 히퍼크린을 가득 담아**

언저리에 구슬 거품 깜박거리고

주둥이에 자줏빛 물든 술을 한 잔 했으면,

그 잔을 마시고 이 세상을 남몰래 떠나서

너와 함께 어스레한 숲으로 사라졌으면.

3

아득히 사라져, 녹아, 다 잊어버리련만,

나뭇잎 사이에 숨어 사는 네가 모르는 것들,

권태, 열광과 안달복달

앉아서 서로 불평하는 소리나 듣는 곳,

중풍에 몇 가닥 남은 슬픈 백발이 떨고

젊음이 파리한 유령처럼 여위어 죽어가는 곳,***

---

* "플로라"는 꽃의 여신(로마신화) 또는 꽃 자체를 의미하고, 프랑스 남부 의 "프로방스"는 중세 후기 연애 시인들의 고장으로 유명했다.

** "히퍼크린"(또는 히퍼크리니)는 헬리콘산(Mt. Helicon)에 있는 시신들 (Muses)의 샘으로, 시인들에게는 '영감의 원천'으로 통한다.

*** 결핵에 걸려서 죽은 키츠의 남동생 톰(Tom)을 떠올리는 대목. 키츠의 어머니, 톰과 키츠 자신까지 결핵으로 사망하였다.

생각만 해도 슬픔과 납빛 눈의

절망들만 가득히 밀려오는 곳,

미인이 제 빛나는 눈을 지키지 못하고

새 사랑이 그 눈을 그리며 내일을 기약 못 하는 이곳을.

4

멀리! 멀리! 나는 너에게 날아가리라

표범들이 끄는 바쿠스의 수레가 아니라

보이지 않는 시詩의 날개를 타고서,

무지근한 머리가 복잡하여 늦어지더라도

금세 너와 함께 하리니! 밤은 아름답고,

아마 달의 여왕은 옥좌에 앉아

무리 지은 별 요정들에 에워싸여 있으리.

하지만 이곳은 불빛 하나 없는 곳,

불어오는 미풍에 푸릇한 어둠과

구불구불한 이끼길 사이로 비치는 하늘의 빛뿐.

5

무슨 꽃들이 내 발길에 피었는지,

어떤 은은한 향기가 가지에 걸려 있는지

볼 순 없어도, 향긋한 어둠 속에서, 계절에 맞춰

틔어 난 잔디, 수풀과 야생 과일나무,

하얀 산사나무와 전원의 들장미,

잎 사이에 얼굴을 묻고 속절없이 시드는 제비꽃,

그리고 오월 중순의 맏아이로

여름 저녁이면 파리떼 잉잉대는 곳에

이슬 술을 가득 머금고 피어나는 사향 장미가

풍기는 향기들을 미루어 헤아려 볼 순 있으리.

6

어둠 속에서 듣고 있다가, 몇 번이나

편안한 죽음과 반쯤 사랑에 빠져,

숱한 감격의 시로 죽음을 다정스레 부르며

내 고요한 숨결을 하늘로 실어 가 달라고 했는데,

지금이 어느 때보다 화려한 죽음일 듯하다

아무 고통 없이 한밤에 숨을 거둘 테니,

네가 저토록 황홀하게!

너의 영혼을 사방팔방 쏟아내는 동안에.

여전히 넌 노래하겠지만, 내겐 귀가 있어도 헛일이리 ─

너의 고결한 진혼가에 이 몸은 흙이 되리니.

7

너는 죽기 위해 태어나지 않았다, 불멸의 새여!

어떤 굶주린 세대도 너를 짓밟지 못하나니.

덧없이 지나가는 이 밤에 내가 듣는 그 소리는

옛날 옛적의 황제도 광대도 들었다.

고향이 그리워, 낯선 땅 밀밭 한가운데서

눈물 머금고 서 있었던 룻*의 슬픈 가슴에도

파고들었을 바로 그 노래,

가끔은 쓸쓸한 요정 나라,

험한 바다의 물거품 위에 열려 있는

마법의 창窓들도 매료시켰을 그 노래를.

8

* 『구약성서』「룻기」의 룻을 말한다. 룻은 시어머니에 대한 갸륵한 효성으
로 유명하며, "룻"(ruth)은 고어로 '동정, 연민, 회한, 슬픔' 등을 뜻한다.

쓸쓸한! 바로 이 말이 마치 종소리처럼

너에게서 고독한 나 자신에게 돌아오게 한다!

안녕! 잘도 속이는 꼬마요정, 환상도

소문과 달리, 그리 잘 속이지 못하나 보다.

안녕! 안녕! 너의 애처로운 노래가

근처 풀밭을 지나고, 고요한 시내를 넘어

언덕 비탈 타고 희미해지다가, 이웃 계곡의

숲속 빈터에서 깊이 파묻히고 마나니.

환영이었나, 생생한 꿈이었나?

그 음악은 사라졌다 ─ 내가 깨어 있나 잠들었나?

그리스 항아리에 부치는 노래

Ode on a Grecian Urn

소시비오스 항아리.
키츠가 1819년에 그린 데생.

1

너는 여전히 고요의 순결한 신부,

너는 침묵과 느릿한 시간의 양녀,

숲의 사가史家여, 이리도 꽃 같은 이야기를

우리의 시보다 곱게 그려내는구나.

템페 혹은 아르카디아 골짜기에서*

신 혹은 인간, 아니 그 둘의 형상을 담고

잎-테 두른 네게는 무슨 전설이 서려 있나?

웬 사람 아니 신들이냐? 저 뿌리치는 처녀들은?

웬 미친 추격이냐? 저 도망치는 몸부림은?

웬 피리며 북이냐? 또 저 미친 듯한 황홀은?

2

들리는 가락도 곱지만, 들리지 않는 가락이

더 곱다. 그러니 고요한 피리들아, 계속 불어라.

감각의 귀가 아니라, 그보다 다정한

영혼이 듣도록 무곡조의 노래를 연주해다오.

나무 아래 고운 청년아, 너는 너의 노래를

그칠 수 없고, 나무도 알몸을 드러낼 날 없으리.

대담한 연인, 너는 결코, 결코 키스하지 못하리라,

승리를 목전에 두고도 — 그러나 슬퍼 말아라,

너의 행복을 이루진 못해도, 그녀는 시들지 않아서

영원토록 너는 사랑하고, 그녀는 고우리니!

---

* "템페"는 그리스의 아름다운 계곡. "아르카디아 계곡"은 고대 그리스에
  서 흔히 '전원적인 이상향'의 상징으로 통했다.

3

아, 행복한, 행복한 가지들! 너희의 이파리도

떨어지지 않고 영원히 봄과 작별치 않으리.

그리고 행복한 피리장이, 너는 지치지 않고

언제나 새로운 노래를 영원토록 부르리라.

한결 행복한 사랑! 더 행복한, 행복한 사랑!

영원히 다정하고 언제나 즐거운,

영원히 갈망하고 영원히 젊은 사랑,

너무 슬퍼서 넌더리 나는 가슴,

불타는 이마, 타는 듯한 혀를 남기는

숨 쉬는 만인의 정열을 초월하는 사랑.

4

제물을 바치러 가는 저들은 누굴까?

어느 녹색 제단으로, 오 신비로운 사제여,

그대는 하늘을 향해 우는 그 어린 암소,

비단결 옆구리에 화환 씌워 끌고 가시오?

강가나 바닷가, 아니면 조용한 성채로

이루어진 산의 어느 작은 마을을

이 경건한 아침에, 이 사람들은 비워 두었나?

그래, 작은 마을, 너의 거리는 영원히

고요하리라. 네가 쓸쓸한 이유를 말해 줄 이

아무도 영원토록 돌아오지 못하리니.

5

오 아티카의 형상!* 고운 자태여! 대리석

사내들과 처녀들, 숲의 나뭇가지들

그리고 밟힌 잡초를 공들여 새겨 넣은

고요한 형태, 너는 우리의 애만 태우고

생각 저편에 있구나, 영원처럼. 차가운 목가牧歌!

옛 시대가 이 세대를 황폐하게 할 때,

너는 우리와 다른 비애를 겪는 와중에도

여전히 인간의 벗으로 남아 그에게 말하리라

"미는 진리요, 진리는 미" ― 그게 너희가 지상에서

196

아는 전부요, 너희가 알아야 할 전부라고.

프시케에게 바치는 노래

Ode to Psyche*

오 여신이여! 즐거운 억지와 귀한 기억이

짜낸 이 무음無音의 운율을 듣고서,

그대의 비밀들이 노래로 불리어 보드라운

그대의 소라 귀에 들어가도 용서하소서.

정말 내가 오늘 꿈을 꾸었나, 아니면 내가

깬 눈으로 날개 달린 프시케를 보았나?

나는 숲에서 생각 없이 배회하다가

갑자기, 놀라서 까무러칠뻔하게,

고운 피조물 한 쌍을 보았다. 나뭇잎과 흔들리는

꽃들이 어울려 속살대는 지붕 아래, 깊디깊은

풀밭에 나란히 누워있었다. 실개천이

남몰래 흐르는 곳이었다.

숨죽여, 조용히 뿌리내린 꽃들, 향긋한-눈망울의

푸른색, 은백색, 움튼 보라색 꽃들에 싸인

잔디 침상에 둘이 누워 고요히 숨 쉬고 있었다.

---

* 그리스 신화에 따르면, 프시케 또는 사이키(Psyche)는 비너스(Venus)의
아들 큐피드(Cupid)에게 사랑받은 아름다운 여인이었다. 그녀의 미모
에 질투가 난 비너스 때문에 프시케는 갖은 우여곡절을 겪지만, 결국 큐
피드와 결혼하여 신의 반열에 오른다.

서로 팔을 끌어안고, 서로 날개를 포개고서,

닿지 않은 입술들이 미처 작별을 고하지 못한 채

포근한 손길의 잠결에 떨어진 듯이,

다정한 눈길의 여명 오로라의 사랑이 눈 뜨면

금세라도 간밤보다 많은 키스를 나눌 태세였다.

날개 달린 소년은 알아보았는데,

오 행복하고, 행복한 비둘기, 그대는 누구였나?

소년의 진실한 프시케!

올림포스의 퇴색한 만신萬神의 계보에서

오 가장 늦게 태어나 더없이 사랑스러운 환영!

사파이어-총총한 별 포이베보다, 하늘의

요염한 반딧불 베스퍼보다도 고와라.*

이들보다 훨씬 고운데, 그대에게는 신전 하나 없고,

꽃들이 수북이 쌓인 제단도 하나 없고,

한밤의 시간들에

즐거운 신음을 토하는 처녀 합창대도 없고,

아무 목소리도, 류트 소리, 피리 소리도 없고, 사슬에 달려

흔들리는 향로에서 풍기는 그윽한 향도 없고,

---

* "포이베"는 여신 포이베(디아나), 또는 그녀가 다스리는 달을 가리키고,
"베스퍼"는 저녁별을 말한다.

파리한 입술의 예언자가 꿈을 꾸는
사당도, 숲도, 신탁도, 황홀도 없어라.

오 밝고 밝은 이여! 고대의 맹세를 하기에는 너무 늦고
맹신하는 수금을 타기에도 너무, 너무 늦었지만,
예전에 그대가 드나들던 숲의 나뭇가지들은 성스러웠고
그 공기, 물과 불도 성스러웠어요.
하물며 행복한 신앙에서 아득히 멀어진
오늘에 이르러서도, 그대의 투명한 부채 날개가
희미한 올림포스 신들 사이에서 퍼덕이는 모습을
나는 보고, 바로 내 눈의 영감을 받아서 노래하나니.
나를 그대의 합창대 삼아, 한밤의 시간들에
신음을 토하게 해주기를,
그대의 목소리, 류트 소리, 피리 소리, 흔들리는 향로에서
풍기는 그대의 그윽한 향,
파리한 입술의 예언자가 꿈을 꾸는
그대의 사당, 숲, 신탁, 황홀이 되게 해주기를.

정말, 내가 그대의 사제가 되어, 나의 마음
어느 밟히지 않은 영역에 신전을 짓고,
가지 뻗은 생각들이 즐거운 고통과 함께 새로 자라서
바람 속에서 소나무 대신 속삭이게 하리.

그 거뭇한 나무 군락이 멀리, 멀리 두루 휘덮어

절벽에서 절벽으로 굽이치는 야생 산맥을 이루고,

거기에서 솔솔바람, 시냇물, 새들과 벌들의

자장가 소리 들으며 이끼에 누운 숲의 요정들이 잠들리.

그리고 이 드넓은 고요 한가운데다

활달한 뇌의 화환 장식 격자 울타리에,

새싹들과 종들과 이름 없는 별들,

꽃을 기르되 절대 같은 꽃을 키우지 않는

정원사 공상이 꾸미고 싶은 온갖 것들로

장밋빛 신전을 꾸며놓으면,

거기에 그대를 위해 아련한 상념이

온갖 아기자기한 기쁨거리를 구해다 놓고,

포근한 사랑*이 들어오도록, 밤이면

밝은 횃불 하나에, 창문 하나 열어놓으리!

---

* "사랑"은 프시케의 연인 큐피드를 가리킨다.

우울에 부치는 노래
Ode on Melancholy

1

아니, 아니, 레테*로 가지 마라. 단단히 뿌리박힌

투구꽃을 쥐어짜서 독주를 만들지도 마라.

너의 핼쑥한 이마에 프로세르피나의 루비색 포도,

까마종이가 입 맞추지 않게 하라.**

주목 열매로 로자리오 묵주를 만들지도 마라.

딱정벌레도, 죽은 나방도 너의 구슬픈

프시케가 되지 않게 하고,*** 교활한 올빼미가

네 슬픔의 신비 의식에 따라오지 않게 해라.

그림자에 또 그림자가 너무 졸린 양 다가와서

영혼의 깨어 있는 고통을 탐닉하리니.

---

* "레테"는 그 물을 마시면 모든 과거를 잊게 된다는 망각의 강, 하계에 있
다는 저승의 강을 말한다.

** "투구꽃"과 "까마종이"는 독초 또는 독초의 열매. "프로세르피나"는 지하
세계의 왕 플루토의 아내, 하계의 여왕.

*** '영혼'을 의미하는 프시케는 죽은 사람의 입에서 나풀거리며 빠져나오
는 나비나 나방으로 묘사되곤 한다.

2

그러지 말고 우울증이 발작해서, 고개 숙인
온갖 꽃들을 키워내고 녹색 언덕을
사월의 장막으로 휘덮으며 눈물짓는
구름처럼 하늘에서 별안간 덮치거든,
그때 너의 슬픔을 실컷 맛보라, 아침 장미에서든,
짠 모래 파도의 무지개에서든,
동글동글 탐스러운 모란꽃에서든.
혹시 너의 연인이 터무니없이 화를 내면
그녀의 보드라운 손을 감싼 채 날뛰게 두고
비할 데 없는 그녀의 눈을 깊이깊이 탐해라.

3

우울은 미美와 같이 산다 ─ 죽을 수밖에 없는
미와 늘 입술에 손을 대고 안녕을 고하는
기쁨과 꿀벌의 입으로 홀짝이는 사이에
독으로 변하고 마는 아픈 쾌락 곁에서.
아아, 환희의 멋들어진 신전에
베일을 쓴 우울의 사당이 있지만,

격렬한 혀로 기쁨의 포도를 섬세한 입천장에
터뜨리는 자를 빼고는 아무에게도 보이지 않으니.
그런 이의 영혼만이 그녀의 강력한 슬픔을 맛보고
그녀의 구름 같은 전리품들 사이에 매달리리.*

---

* 그리스와 로마 사람들은 신전에 전리품을 매달아 놓곤 했다.

희망에게

To Hope

쓸쓸한 난롯가에 앉아있는 내 영혼을
불쾌한 생각들이 침울하게 감쌀 때,
어떤 고운 꿈도 내 '마음의 눈'을 스쳐 가지 않고
삶의 헐벗은 히스밭도 꽃 한 송이 피우지 않을 때,
다정한 희망이여, 영묘한 향유를 내게 뿌려주소서
당신의 은빛 날개를 흔들며 나의 머리를 휘덮어주소서!

깊어가는 밤에, 내가 방황할 때마다,
뒤얽힌 나뭇가지들이 달의 밝은 빛을 가려서
슬픈 낙담이 내 명상을 화들짝 놀라게 하고,
눈살을 찌푸리며 맑은 명랑을 몰아내려 하는 곳에서
달빛과 함께 그 이파리 지붕 사이로 들여다보며
그 악령 같은 낙담을 아주 멀찍이 떨어뜨려 주소서.

절망의 모체, 실망이 자기 자식을 위해
나의 무심한 마음을 사로잡으려 하거나,
그 자식이, 구름처럼, 허공에 앉아
자신의 주문에 걸려든 먹잇감을 쏘려고 하거든,

다정한 희망이여, 밝은 얼굴로 그를 쫓아버리소서
아침이 밤을 흠칫 놀라게 하듯 그를 겁주소서.

내가 몹시 아끼는 이들의 운명이
나의 두려운 가슴에 슬픔의 이야기를 들려줄 때마다,
오 밝은 눈의 희망이여, 나의 병적인 공상을 위로해
주소서.
나에게 잠시나마 당신의 가장 다정한 위안을 빌려주
소서.
하늘에서 생겨난 당신의 광선을 흩뿌려서 나를 감싸
주고
당신의 은빛 날개들을 흔들며 나의 머리를 휘덮어주
소서.

혹시 잔인한 부모나 무자비한 미녀 때문에
불행한 사랑이 나의 가슴을 아프게 해서
내가 소네트들을 허공에 한숨 쉬듯 내뱉더라도,
오, 절대 헛된 짓은 아니라고 생각하게 하소서!
다정한 희망이여, 영묘한 향유를 내게 뿌려주소서
당신의 은빛 날개들을 흔들며 나의 머리를 휘덮어주
소서.

물밀듯 다가오는 세월의 긴 앞날에
우리나라의 명예가 퇴색하지 않게 하소서.
오, 우리 땅이 고유의 영혼, 자긍심 — 자유의
그림자가 아니라 — 자유를 간직하게 하소서.
당신의 밝은 눈에서 특별한 밝은 빛을 뿌려주소서
당신의 날개들로 나의 머리를 휘덮어주소서.

내가 애국자의 고귀한 유산, 위대한 자유 —
평범한 차림으로도 너무나 멋진 자유! — 가
궁정의 야비한 왕권에 억압받아서
머리를 조아리며 끝장나는 꼴을 보지 않게 하시고,
반짝이는 은빛으로 온 하늘을 채우는 날개들을
퍼덕이며 하늘에서 굽어보는 당신을 보게 하소서!

그리고 마치 장엄하게 반짝이는 별이
음울한 구름의 밝은 꼭대기를 금빛으로 물들이며
먼 하늘의 흐릿한 베일에 덮인 얼굴을 환하게 밝히듯이
어두운 생각들이 나의 불길한 영혼을 뒤덮을 때,
다정한 희망이여, 천상의 영액을 흩뿌려 나를 감싸주
소서
당신의 은빛 날개들을 흔들며 나의 머리를 휘덮어주
소서.

가을에게
To Autumn

1

안개와 열매가 무르익는 계절,

익어가는 해의 절친한 벗,

해와 협력하여 초가 처마를 에워싸는

포도 넝쿨에 열매를 달아 축복하고,

이끼 낀 오두막 나무도 사과들로 휘게 하며,

온갖 열매를 속까지 다 익히고

조롱박 부풀리고, 개암 껍질을 달콤한

인으로 살찌우며, 다시 꽃망울을 틔우고

또다시 늦은 꽃들을 피워내서

여름이 끈적끈적한 벌집에 넘쳤나니,

꿀벌들이 더운 날 안 끝날 듯이 착각할 지경.

2

수확물 사이에 있는 너를 누군들 못 보았으랴?

밖으로 찾아 나서면 가끔 곡물 창고 바닥에
태평스레 앉아서, 까부르는 바람에
머리카락을 가벼이 나부끼고 있거나,
양귀비 향기에 졸음이 온 듯, 낫질하다 말고
다음 벨 자리와 온통 뒤엉킨 꽃들을 버려둔 채
반나마 베어낸 밭이랑에 잠들어 있곤 하나니.
가끔은 이삭 줍는 사람처럼 머리에 인 짐을
애써 가누며 개울을 건너고 있거나,
착즙기 옆에서 참을성 있는 표정으로
마지막 한 방울까지 몇 시간을 지켜보고 있나니.

3

봄의 노래들은 어디에 있나? 아아, 어디 있나?
그 노래는 생각하지 마라, 너만의 음악이 있으니 —
줄무늬 구름들이 차분히 꺼져가는 낮을 꽃피우며
짧게 잘린 들판을 장밋빛으로 물들일 때,
일고 지는 산들바람에 높이 쳐들었다가
가라앉는 강 버드나무들 사이에서
작은 각다귀 떼가 구슬픈 합창으로 우짖고,
다 자란 양 떼는 언덕 개울에서 요란스레 음매음매,

산울타리-귀뚜라미가 노래하고, 부드러운 고음으로

울새가 농장 뜰에서 휘파람을 불고,

모여드는 제비들도 하늘에서 지저귀나니.

아름다운 것은 영원한 기쁨

A Thing of Beauty is a Joy For Ever★

아름다운 것은 영원한 기쁨.

미美의 사랑스러움이 늘어나서, 절대

무無로 사라지지 않고, 우리에게

한결같이 나무 그늘 같은 평온과

달콤한 꿈들과 건강과 고요한 숨결

가득한 잠을 간직하게 하리라.

그래서 아침마다 우리가 꽃띠를 엮어

대지와 연을 맺으며 사는 것이리라

낙담, 고귀한 태생들의 몰인정,

우울한 나날들, 온갖 유해하고 어두운 길을

헤쳐나가야 하지만. 그래, 그 모든 것에도,

★ 키츠의 대표작 『엔디미온』(*Endymion*)의 도입부(1권, 1~62행). 키츠의 『엔디미온』은 1권(992행), 2권(1023행), 3권(1032행)과 4권(1003행)으로 구성된 장편 운문 로맨스로, 양치기 미소년 엔디미온과 달의 여신 신시아의 사랑 이야기다. 신시아를 찾아서 하계(1권), 바다(2권), 하늘(3권)을 두루 탐험하고 4권의 지상으로 돌아온 엔디미온은 숲에서 만난 인도 소녀와 함께 하늘의 초대를 받아 초승달로 변신해서 신시아를 만나지만, 그 과정에서 인도 소녀가 죽고 만다. 엔디미온은 큰 슬픔을 안고 산으로 돌아오는데, 죽은 줄 알았던 인도 소녀가 살아 있다. 인도 소녀는 바로 그가 사랑하는 여신의 화신이었다. 엔디미온과 신시아는 그렇게 만나서 다시 하늘로 올라간다는 이야기다.

어떤 미의 형상이 우리의 어두운 정신에서
장막을 벗겨낸다. 태양과 달,
싹을 틔워 순진한 양에게 그늘을 베푸는
고목과 어린나무들이 그렇고, 녹색 세상과
더불어 사는 수선화들이 그렇고, 무더운 계절에
기꺼이 시원한 은신처를 내어놓는
맑은 실개천, 예쁜 사향 장미가 흩뿌려져
꽃향기 진한 숲속 덤불이 그러하다.
또 우리가 죽은 위인들을 떠올리며
상상해온 온갖 운명의 숭고함, 우리가
듣거나 읽은 온갖 멋진 이야기들도 그렇다.
불멸의 음료 그득한 무한한 샘물이
하늘 끝자락에서 우리에게 쏟아지나니.

　우리가 짧은 시간 동안만 이 정수들을
느끼는 게 아니다. 어느 신전 주변에서
속삭이는 나무들이 이내 신전 자체인 양
소중해지듯이, 달과 열정의 시,
무수한 달무리도 종종 우리를 찾아와
우리의 영혼을 북돋우는 빛이 되고,
우리에게 아주 단단히 묶이어
빛이 밝게 비치든 어둠이 덮이든,

늘 함께 있나니, 그렇지 않으면 우리는 죽는다.

  그렇기에, 벅찬 행복에 젖어서 나는
엔디미온의 이야기를 추적해 보련다.
바로 음악 같은 그 이름이 벌써 내 존재
깊숙이 들어와서, 즐거운 장면 하나하나가
마치 우리네 골짝 녹색 세상처럼 눈앞에
생생히 펼쳐지고 있나니. 시작해 보리라
도시의 소음이 들리지 않는 지금 이때,
일찍 싹을 틔우는 나무들이 갓 돋아나서
옛 숲 여기저기에 미로 같은 여린 색조가
펴져 가는 바로 지금, 버드나무가 은은한
황갈색 꼬리를 늘어뜨리고, 낙농장의 들통에
우유가 그득히 담겨 집으로 들려오는 이때.
이렇듯 한 해가 기운찬 줄기 속에서
싱싱하게 자라나는 이때, 나의 작은 배를
조용히 저어 가리라. 하 많은 고요한 시간,
새록새록 그늘이 짙어져 가는 시냇물과 함께
많고 많은 시를 쓰고 싶다.
데이지꽃이 주홍색 흰색 테를 두르고서
깊은 풀밭에 숨기 전에, 꿀벌들이 몽실몽실 피어난
클로버와 달콤한 완두콩 꽃밭에서 윙윙거리기 전에,

나의 이야기도 중간쯤은 나아가 있어야 하리.

부디, 헐벗은 회백색 계절 겨울이

절반밖에 마치지 못한 이야기를 보지 않고,

담찬 가을이 수수한 금 빛깔을 널리 널리 퍼뜨려

나를 온통 감쌀 즈음에 다 마무리되기를.

이제는 모험을 떠나야 할 시간,

나의 사자使者 상상력을 광야로 보내서

트럼펫을 불어, 아직 정해지지 않은 나의 길을

어서 초록 옷으로 갈아입히라고 해야겠다

내가 꽃들과 잡초를 헤치고 술술 나아갈 수 있게.

사람의 사계절

The Human Seasons

사계절이 모여 한 해를 이루듯이
사람의 마음에도 사계절이 있다.
사람의 활기찬 봄은 맑은 공상이
순식간에 온갖 아름다움을 흡수하는 계절.
사람의 여름은 달콤하고 발랄한
봄의 생각들을 호사스럽게 즐겨
되새기고, 그리 드높은 꿈을 꾸면서
천국에 근접하는 계절. 사람의 영혼에
고요한 골짝들을 두는 가을은 날개를
바싹 접고, 흡족한 마음으로 유유히
안개를 지켜보며 — 이런저런 일들이
문밖 개울처럼 무심히 흐르게 두는 계절.
사람의 겨울은 너무 가냘픈 몰골의 계절,
그렇지 않아도 필멸의 천성을 이행하고픈 계절.

도시에서 오래 갇혀 지낸 이에게는

To One Who Has Been Long in City Pent

도시에서 오래 갇혀 지낸 이에게는

하늘의 맑고 광활한 얼굴을 바라보고

푸른 하늘의 미소를 한껏 받으며

숨 쉬듯 기도하는 게 더없이 달콤한 행복.

지쳐 있다가, 흡족한 마음으로 물결치는

풀밭 어느 쾌적한 자리에 풀썩 주저앉아

사랑과 그리움 담긴 명랑하고 정다운 얘기를

읽고 있는 이만큼 행복할 사람이 있으랴?

저녁에 집으로 돌아오는 길에, 귓가에

들려오는 나이팅게일의 노랫소리 — 눈에는

조각배처럼 떠가는 조각구름의 밝은 항해.

하루가 그리 빨리 지나간 것이 아쉬울 뿐.

흡사 투명한 에테르 사이로 조용히 떨어지는

어느 천사의 눈물, 그 눈물길처럼.

바다 위에서

On the Sea

바다는 영원한 속삭임들을 간직한 채

쓸쓸한 해변을 에워싸고, 강력한 놀로

수만의 동굴들을 가득 채운다, 헤카테*의 주문이

그 동굴들에 옛날의 흐릿한 소리를 남길 때까지.

아주 작은 조개껍데기도 하늘의 바람이

풀려났던 최근의 어느 날 떨어진 자리에서

며칠 동안이나 거의 움직이지 않을 만큼,

아주 온화한 날씨에 가끔 그런 소리가 들린다.

오, 눈알을 괴롭히고 피곤하게 하는 이들이여,

그 눈이 바다의 광활함을 마음껏 즐기게 두오!

오, 소란스러운 소음에 먹먹해졌거나

질리는 선율에 진저리난 귀를 지닌 이들이여,

어느 옛 동굴의 입구 근처에 앉아 생각에 잠겨보오

문득 깜짝 놀랄 테니, 바다-요정들이 합창한 듯이!

---

* 헤카테는 그리스 신화에 등장하는 마법과 주술의 여신으로, 달, 대지와 하계를 지배하는 아르테미스, 세멜레, 페르세포네의 역할과 겹치며, 흔히 서로 등을 맞댄 세 개의 몸을 지닌 삼신상으로 표현된다.

내 동생 조지에게

To My Brother George

나는 오늘 숱한 기적을 보았단다.

맨 먼저 아침의 눈들에 가득 찬 눈물들을

키스로 닦아준 태양 — 저녁의 깃털 금물결에

승리의 관을 쓰고 기대어 있는 그의 동무들 —

저만의 광대함, 저만의 청록빛깔, 수많은 배,

바위, 동굴, 숱한 희망과 공포를 품은 대양 —

누가 듣더라도 앞날의 일들과 지난 일들을

떠올리기 마련인 그 신비로운 목소리까지.

사랑하는 조지, 너에게 이 글을 쓰는 지금도

달의 여신이 비단결 커튼 사이로 살짝살짝

엿보는 모습이 꼭 신혼 첫날밤인 듯이,

몸을 슬쩍 드러내놓고 축연을 즐기고 있구나.

하지만 너에게 함께하고 싶은 마음이 없다면

저 하늘과 바다의 기적들이 무슨 의미가 있을까?

오, 고독! 너와 내가 함께 살아야 한다면

O Solitude! If I Must With Thee Dwell

오, 고독! 너와 내가 함께 살아야 한다면,

뒤죽박죽 쌓여 있는 음산한 건물들

사이에 있지 말고, 나랑 같이 절벽 — 자연의

전망대에 오르자 — 작은 골짝, 꽃으로 휘덮인

산비탈, 강의 수정 물결이 겨우 한 뼘처럼

보이는 그곳, 사슴이 훌쩍 뛰는 소리에

야생벌이 놀라 디기탈리스 종화관에서 도망치는

그 울창한 나무 천막에서 밤새워 너를 지켜줄 테니.

그래서 너랑 이런 광경을 알아가는 것도 기쁘겠지만,

사색의 심상들을 말로 정제하는

순수한 마음의 달콤한 대화가 바로

내 영혼의 기쁨이니, 네가 드나드는 곳들로

서로 통하는 두 혼이 달아나는 순간이 어쩌면

인류가 누리는 가장 고결한 축복이지 않을까.

오! 나는 맑은 여름날 저녁이 참 좋다

Oh! How I Love, On A Fair Summer's Eve

오! 나는 맑은 여름날 저녁이 참 좋다.

광선들이 금빛 서쪽으로 강물처럼 흐르고

은빛 구름들이 훈훈한 서풍에 편안하게

누워있는 시간, 하잘것없는 생각들은

멀리 — 멀리 떠나보내고, 소소한 근심 걱정도

잠시나마 즐거이 접어두고서, 느긋하게

자연의 고운 옷 차려입은 향긋한 야생을

찾아서, 내 영혼을 속여 환희에 젖어보는 시간.

거기서 밀턴의 운명 — 시드니의 상여 — 를 묵상하며,*

그들의 근엄한 모습들이 마음에 떠오를 때까지

애국적인 가르침에 나의 가슴을 데우고,

어떤 음악 같은 슬픔이 내 눈에 주문을 걸 때면

시의 날개를 타고서 드높이 솟아올라, 가끔

---

* 존 밀턴(John Milton, 1608~1674)은 종교개혁 정신의 계승자로, 크롬웰의 공화정을 열성적으로 지지하여 왕정복고(1660) 후에 사형선고를 받고 죽음 직전까지 몰렸으나 지인들의 도움으로 어렵사리 풀려나, 실명한 상태에서 걸작『실낙원』(*Paradise Lost*)을 쓴 위대한 시인이었고, 필립 시드니 경(Sir Philip Sidney, 1554~1586)은 정치가이자 시인으로, 전쟁에서 입은 상처 때문에 죽어가면서도 자신에게 바친 물컵을 곁에 있는 일반 병사에게 건네줄 정도로 관대한 성격의 소유자였다.

가득한 눈물 똑똑 흘리기도 하는 그 시간이.

나에게 장미를 보내준 한 벗에게

To a Friend Who Sent Me Some Roses

나는 늦게까지 행복한 들판에서 거닐었다네.

종달새가 무성한 클로버밭 은신처에서

간들대는 이슬을 뒤흔드는 시절 — 담대한

기사들이 움푹 팬 방패를 다시 집어 드는 시간에,

야생 자연이 내어놓는 가장 향긋한 꽃,

갓 핀 사향 장미를 보았다네. 그 달콤한 향기를

여름에 퍼뜨린 첫 꽃으로, 티타니아 여왕이

휘두르는 요술 지팡이처럼,* 단아하게 자랐지.

그래서 나는 그 향기를 만끽하면서,

정원 장미보다 훨씬 탁월하다고 생각했다네.

그런데 오, 웰스! 자네의 장미들이 내게 안긴 순간,

나의 감각은 그 향긋함에 매혹되고 말았지.

그 장미들이 은은한 목소리로, 평화와 진실과

우정이 변함없기를 바란다고 다정히 속삭였네.

---

* "티타니아"는 셰익스피어의 『한여름 밤의 꿈』에 등장하는 요정 나라의
여왕.

여치와 귀뚜라미에 대해

On the Grasshopper and Cricket

대지의 시는 절대 죽지 않는다.

새들이 뜨거운 태양에 어지러워서 모두

서늘한 나무에 숨어들어도, 한 소리만은

갓 베어낸 풀밭 주변 산울타리를 넘나들 테니.

그것은 여치의 소리 — 여치는 앞장서서

여름날의 호사를 누리며 — 자신의 유희를

절대 끝내지 않고, 지쳐서 재미가 없으면

어느 쾌적한 잡초 그늘에서 편안하게 쉬기에.

대지의 시는 절대 멈추지 않는다.

쓸쓸한 겨울 저녁, 서리가 고요를

짜놓더라도, 난로에서 귀뚜라미의 노랫소리,

온기가 더해질수록, 날카롭게 울려와서

졸음에 겨워 거의 비몽사몽인 이에게는

어느 풀 무성한 언덕의 여치 소리 같을 테니.

날카롭게, 발작 난 돌풍이 속삭이고 있다
Keen, Fitful Gusts Are Whisp'ring

날카롭게, 발작 난 돌풍이 이파리도 거의 없이

메마른 수풀 곳곳에서 속삭이고 있다.

하늘에 뜬 별들도 몹시 추워 보이는데,

나는 몇 마일을 더 걸어가야만 한다.

하지만 쌀쌀하고 모진 바람도, 음산하게

바스락거리는 죽은 잎들도, 하늘에서

타는 저 은빛 등불들도, 집 안의 즐거운

은신처에서 멀어진 감도 거의 느껴지지 않는다.

나의 마음이 어느 작은 오두막에서

찾은 우정, 금발 밀턴의

감동적인 고통과 익사한 벗 리시드를 향한

그의 순전한 사랑, 연초록 드레스를 입은

사랑스러운 라우라와 영예의 관을 쓴

믿음직한 페트라르카로 넘쳐나기에.*

---

* 9행의 "금발"은 '매우 좋아하는'으로 읽어도 좋겠다. 11행 "리시
드"(Lycid)는 밀턴의 시 「리시다스」("Lycidas," 1637)와 시의 주인공을 말
한다. 「리시다스」는 밀턴이 케임브리지 동창 에드워드 킹(Edward King)
의 죽음("익사")을 기리며 쓴 애가다. 14행의 "페트라르카"(Francesco
Petrarca, 1304~1374)는 14세기 이탈리아의 시인이자 인문주의자로, 성
금요일에 교회에서 먼발치로 '라우라'(로라)라는 소녀를 처음 보고 사

채프먼의 호머를 처음 읽고서

On First Looking into Chapman's Homer★

황금의 나라들에서 마음껏 여행하며

수많은 국가와 왕국을 보았고,

시인들이 충실하게 아폴로를 떠받드는

여러 서쪽 섬들도 두루 돌아보았다.

깊은 이마의 호머가 다스렸던 영토

넓고 광활한 나라의 얘기를 자주 듣고도

그 맑은 하늘 공기를 마셔보지 못하다가

채프먼의 크고 담대한 이야기를 들었다.

문득 내가 헤엄치듯 새로운 천체가

나타나는 하늘의 관측자라도 된 듯한,

아니면 독수리 눈으로 태평양을 노려보며 —

부하들은 지레짐작하며 서로 쳐다보고 —

대리언 산정에 말없이 서 있었던

랑에 빠졌다. 둘이 따로 만난 적은 없으나, 페트라르카의 연애 시(소네트)는 대부분 그녀에 대한 열정적인 사랑 이야기다.

★ 학교 선생님이었던 찰스 코든 클라크(Charles Cowden Clarke)가 키츠에게 엘리자베스 시대의 시인 조지 채프먼(George Chapman, 1559~1634)의 호머 번역본을 소개해 주었고, 두 사람은 그 책을 밤을 새워가며 함께 읽었다. 그 후 새벽녘에 키츠는 걸어서 집으로 돌아갔고, 이 소네트가 그날 아침 10시에 우편으로 클라크 선생의 집에 도착했다고 전해진다.

코르테스라도 된 듯한 기분이 들었다.*

---

* 파나마의 대리언(Darien) 산꼭대기에서 처음으로 태평양을 내려다본
사람은 코르테스가 아니라, 태평양을 처음 발견한 스페인의 탐험가 발
보아(Vasco Nùñez de Balboa, 1475?~1517)였다. 코르테스(Hernán Cortés,
1485~1547)는 600명의 병사를 이끌고 인구 500만의 아즈텍왕국을 점
령하여 멕시코에 식민지를 건설한 스페인의 영웅이었다. 그러나 그들의
총칼, 그들이 옮긴 천연두에 원주민들이 수없이 죽어갔다.

앉아서 다시 한번 『리어왕』을 읽으며
On Sitting Down to Read King Lear Once Again

류트 소리 은은한, 오 황금-혀의 로맨스!

고운 깃털의 사이렌,* 먼 미지의 여왕이여!

이 추운 겨울날 이제 연주를 그만 멈춰라

너희의 낡은 책장을 덮고 입을 다물어라.

안녕! 다시 한번, 파멸과 정열의 육신

사이에서 벌어지는 사나운 싸움을 열렬히

독파해, 다시 한번 겸손하게 달콤하고 씁쓸한

이 셰익스피어의 열매를 맛보아야 하나니.

으뜸 시인이여! 그리고 너희 앨비언**의 구름들,

우리의 깊고 영원한 주제의 창시자들이여!

그 옛날 참나무 숲으로 내가 지나가거든,

불모의 꿈속에서 방황하지 않게 해주기를.

아니, 내 몸이 그 불길에 다 타버리거든,

새 피닉스의 날개를 달아 마음껏 날게 해주기를.***

---

* "사이렌"은 그리스 신화에서 아름다운 노랫소리로 근처를 지나가는 뱃사람들을 유혹하여 난파시켰다는 바다의 요정.

** "앨비언"은 브리튼 섬(Great Britain)의 옛 이름. "하얀 땅"이라는 뜻으로, 도버 해협에서 브리튼 섬의 남부를 내려다보면 백악질의 절벽이 하얗게 보인다고 해서 붙여진 이름이다.

*** "피닉스"는 이집트 신화에서 500년 혹은 600년에 한 번씩 스스로 불타

영국이면 행복하다!
나도 만족할 수 있다
Happy is England! I Could Be Content

영국이면 행복하다! 나도 만족할 수 있다

영국 고유의 푸른 초목만 보더라도,

고상한 로맨스와 어우러진 그 높은 숲 사이로

불어오는 산들바람만 느끼더라도.

그렇지만 이따금 이탈리아의 하늘에 대한

애타는 연모와 마치 왕좌에 앉듯이

알프스에 앉아 세상과 세상살이의 의미를

반쯤 잊어버리고픈 마음속의 신음을 느낀다.

영국이면 행복하다. 영국의 소박한 딸들도 곱다.

그들의 수수한 사랑스러움이면 내게는 충분하고

말없이 밀착하는 그들의 새하얀 팔이면 충분하다.

그래도 가끔 마음이 따듯하게 타올라서,

한결 그윽한 눈길의 미녀들을 보고, 그들의 노래를

들으며, 그들과 함께 여름 바다를 떠다니고 싶다.

죽었다가, 그 재 속에서 다시 태어난다는 불사조.

바이런에게

To Byron

바이런! 참 달콤히도 슬픈 당신의 가락!

민감한 가락에 언제나 영혼을 조율하나니,

마치 다정한 동정심이 낯선 시련을 만나

제 슬픈 류트를 두드린 듯이, 당신이 옆에 있다가

그 음조들을 붙잡아 사라지지 않게 한 듯이.

울적한 슬픔도 당신의 기쁨을 앗아가지

못한다. 당신이 당신의 슬픔들에

밝은 후광을 입혀서 환하게 빛나게 하나니,

마치 조각구름이 금빛 달을 휘덮을 때

가장자리가 눈부신 붉은빛으로 물들어

그 검은 덮개 사이로 호박빛깔 광선이 퍼지곤 하듯,

마치 검은 대리석 사이로 고운 광맥들이 흐르듯이.

필멸의 백조여, 계속 노래하오! 계속 얘기해주오

매혹적인 이야기, 즐거운 비애의 이야기를 들려주오.

잠에게

To Sleep

오 고요한 한밤의 포근한 미라 제작자여,
세심하고 자애로운 손길로 우리의
슬픔에 겨운 두 눈을 덮어서 빛을 가리고
신묘한 망각의 그늘로 감싸주나니.
오 다정한 잠! 그대 좋을 대로, 이 찬가의
와중에 나의 자발적인 눈을 감겨주거나,
기다렸다가 아멘 하거든 그대의 양귀비
그 자애로운 진정제를 침대 주위에 뿌려주기를.
그리고 지나간 낮이 나의 베개를 비추어
숱한 비애를 낳지 않도록 보호해 주기를.
어둠에 대비해 늘 힘을 비축해서 두더지처럼
파고드는 꼼꼼한 양심으로부터 나를 구하여
기름칠한 홈에 열쇠를 넣고 능숙히 돌려서
내 영혼의 조용한 상자를 밀봉해 주기를.

오늘 밤 내가 왜 웃었을까?

Why Did I Laugh Tonight?

오늘 밤 내가 왜 웃었을까? 아무도 답하지 않으리.

어떤 신도, 모질게 대꾸하는 어떤 귀신도

천국에서도 지옥에서도 응답해 주지 않으니.

당장 나의 인간 가슴에 물을 수밖에 없다.

가슴아! 너와 나는 이승의 슬프고 외로운 존재,

그래, 내가 왜 웃었을까? 오 필멸의 고통!

오 어둠! 어둠아! 하염없이 신음하며

천국과 지옥과 가슴에 묻지만 소용없구나.

내가 왜 웃었을까? 어차피 잠시 빌려 사는 인생,

나의 망상이야 지복을 누리고 싶겠지만

나는 바로 오늘 한밤에 끝장나서, 세상의

번지르르한 깃발들이 다 찢기는 꼴을 보고 싶구나.

시도, 명성도, 미美도 참 강렬하지만

죽음은 더 강렬하니 — 죽음은 삶의 고귀한 보상이니.

죽으면 어쩌나 두려워질 때면

When I Have Fears That I May Cease to Be

죽으면 어쩌나 두려워질 때면

펜이 비옥한 뇌의 이삭들을 거두기 전에,

높이 쌓인 책들이 문자로 적혀서

넉넉한 곡창처럼 무르익은 알곡을 담기 전에,

밤의 별 총총한 얼굴에서 고귀한 로맨스의

거대한 구름 표상들을 보고도

그 영상들을 기회의 마법 손으로 그리지 못하고

죽을 것 같이 느껴질 때면,

또 내가 한때뿐인 고운 얼굴,

당신을 다시는 바라보지 못하리라,

앞뒤를 생각하지 않는 사랑의 매력도

맛보지 못하리라 느껴질 때면 — 드넓은 세상의

해변에 홀로 서서 생각하다 보면,

사랑도 명성도 가라앉아 사라지고 만다.

죽음에 대하여

On Death

삶이 한낱 꿈이라서, 행복한 장면들이
　환영처럼 스쳐 간들, 죽음이 잠일 수 있으랴?
그 덧없는 기쁨들이 환상처럼 보인다고 해도
　우리는 죽는 것을 가장 큰 고통으로 여기나니.

참으로 묘한 것은 사람이 대지에서 방랑하며
　고통스러운 삶을 살면서도, 그 괴로운 길을
버리지 않고, 결국은 일어날 자신의 미래 운명도
　차마 직시하지 못한다는 것이다.

데이지의 노래

Daisy's Song

234

해는 커다란 눈으로
　나만큼도 보지 못하고,
달은 은빛 찬란하지만
　구름에 숨는 게 나아요.

그러나 아 봄 — 봄이면
　나는 왕처럼 살아요!
풍성한 풀밭에 누워서
　예쁜 소녀들을 훔쳐보지요.

나는 아무도 못 보는 데를 보고
　못 쳐다보는 데를 빤히 쳐다보죠.
그러다가 밤이 가까이 다가오면
　양들이 음매음매 자장가를 불러주죠.

음산하게 캄캄한 십이월에도

In Drear-Nighted December

음산하게 캄캄한 십이월에도
　너무 행복한, 행복한 나무,
너의 가지들은 행복한 녹색 시절을
　기억하지 못하지만,
북풍이 휙휙 진눈깨비 몰아쳐도
그 가지들은 부러지지 않고
아무리 얼리고 녹여도 그 가지들에서
　봄에 돋는 새싹을 굳히지 못하나니.

음산하게 캄캄한 십이월에도
　너무 행복한, 행복한 개울,
너의 거품들은 아폴로의
　여름 얼굴을 기억하지
못하지만, 즐겁게 잊고서
수정 같은 물결 소리를 간직한 채
꽁꽁 얼어붙은 시간에도
　절대로 안달하지 않으니.

아! 많고 많은 소녀 소년들도

　그랬으면 좋으련만!

그러나 지나간 기쁨을 떠올리며

　괴롭지 않을 사람이 있을까?

그 괴로움을 치료해 줄 사람도

몰래 앗아가는 감각마비도 없을 때,

그것을 절감하면서도 안 느끼는 법은

　시로 표현된 적 없나니.

내게 여자와 술과 코담배를 주게

Give Me Women, Wine, And Snuff

내게 여자와 술과 코담배를 주게
내가 "그만, 됐어!" 외칠 때까지.
거절하지 말고 그렇게 해주게
예수가 부활하는 날까지.
내 수염에 걸고, 그 셋이
나의 사랑하는 삼위일체일 테니.

인어 선술집에 관한 시

Lines on the Mermaid Tavern

죽어 떠난 시인들의 영혼이여,

그대들에게 익숙했던 엘리시움*

행복 들판인가 이끼 동굴인가 뭔가가

'인어 선술집'보다 나았는가?

그래서 우리 쥔장의 카나리아 백포도주보다

좋은 술에 절어서 살았는가?

또 낙원의 과일들이

저 맛난 사슴고기 파이보다

달콤한가? 대담한 로빈 후드도

마리안 아가씨랑 뿔잔째 깡통째

벌떡대고 홀짝대고 싶을 만큼

차려진, 오 푸짐한 음식!

　어느 날 우리 쥔장의 간판이

날아가 버렸다는 소리를 들었네.

어디로 갔는지 아무도 몰랐는데,

---

* "엘리시움"은 그리스 신화에서 선량한 사람들(혹은 선택받은 영웅들)이
죽은 후에 가서 산다는 이상향 또는 낙원.

웬 점성술사의 낡은 깃촉이

양피지에 그 내막을 남겨 놨더군.

말인즉슨, 그대들이 온갖 영화를 누리며

처음 보는 낡은 간판 밑에서

신묘한 술을 홀짝홀짝 마시고

흡족한 풍미에 취해서 '황도대* 인어 주막'에

건배를 건네고 있더라고.

　죽어 떠난 시인들의 영혼이여,

그대들에게 익숙했던 엘리시움

행복 들판인가 이끼 동굴인가 뭔가가

인어 선술집보다 나았는가?

* 　"황도대"는 태양을 도는 주요 행성들의 행로를 말하는 것으로, 별자리에 따라 12궁으로 나뉜다. 수대(獸帶) 또는 황도12궁으로도 불리며, 황도 12궁은 백양좌(백양궁), 황소좌(금우궁), 쌍둥이좌(쌍자궁), 사자좌(사자궁), 해좌(거해궁), 을녀좌(처녀궁), 천평좌(천평궁), 전갈좌(전갈궁), 사수좌(인마궁), 염소좌(마갈궁), 수병좌(보병궁)와 어좌(쌍어궁)를 말한다. 지상의 "인어 선술집" 간판이 하늘로 날아가서 "황도대 인어 주막"으로 신장개업했다는 시의 발상이 재미있다. 그러나 꽤 복잡한 생각과 상상이 담겨 있는 시로도 읽을 수 있겠다. 가령, 시적 화자의 말대로, 전설의 엘리시움은 '행복 들판'일까, 아니면 축축한 '이끼 동굴'일까? 우리네 인생은 어떤가? 또 사후는?

무정한 미녀

La Belle Dame Sans Merci

오 뭐가 괴로워서, 갑옷의 기사여,
　홀로 그리 창백히 서성거리나?
호수에 사초도 시들어
　노래하는 새 하나 없는데.

오 뭐가 괴로워서, 갑옷의 기사여!
　그리 수척하고 그리 슬픔에 잠겼나?
다람쥐의 곳간도 가득 차고
　추수도 끝났는데.

당신의 이마에 피어난 백합 한 송이
　고통의 눈물 열熱 이슬방울 맺히고
당신의 뺨에 핀 퇴색한 장미
　정말 빨리도 시들어 가는데.

풀밭에서 한 처녀를 만났다네.
　완벽한 미녀 — 요정의 딸이었지.
긴 머리칼에, 가벼운 발걸음,

야생의 눈을 지닌 소녀였다네.

화환을 만들어 그녀의 머리에 씌워주고
  팔찌와 향긋한 허리띠도 만들어 줬지.
그녀가 사랑하는 눈길로 나를 바라보며
  정겨운 신음 소리를 내더군.

나는 그녀를 말에 태우고 천천히 달렸지.
  하루 종일토록 다른 것은 보이지 않았네.
그녀가 비스듬히 몸을 굽히고
  요정 노래를 불러주었기에.

그녀는 내게 달콤하게 맛있는 뿌리,
  야생 꿀과 감로를 찾아줬지.
그리고 아주 낯선 언어로 말했다네 —
  "당신을 정말 사랑해요."

그녀가 나를 요정 굴로 데려갔네.
  그녀가 울며 너무 아프게 탄식하기에
내가 야성에 불타는 두 눈을 감겨주었지
  네 번의 키스로.

그녀의 자장가에 나는 잠이 들었고
　이내 꿈을 꾸었네 ― 아아! 이런 변이 있나!
그 차가운 언덕 비탈에서
　내가 꾸었던 그 마지막 꿈.

핼쑥한 왕들과 왕자들, 핼쑥한
　전사들이 보였네. 모두 죽은 듯이 핼쑥했지.
그들이 소리쳤네 ― "무정한 미녀가
　그대를 사로잡았다!"

그들이 어둠 속에서 주린 입술을
　크게 벌리고 무섭게 경고했지.
그리고 깨어나 보니 여기였네
　이 차가운 언덕 비탈에.

그래서 내가 여기서 머뭇거리며
　홀로 이리 창백히 서성거린다네.
호수에 사초도 시들고
　노래하는 새 하나 없지만.

패니에게

To Fanny★

당신의 자비 — 연민 — 사랑! 아아, 사랑을 애원하오!

애먹이지 않는 자비로운 사랑,

일편단심, 엇나가지 않는 정직한 사랑,

숨김없이 — 흠 없이 투명한 사랑을!

아! 당신을 다 내게 주오 — 다—다—내 것이게!

그 몸, 그 아름다움, 그 귀엽고 자지레한

사랑 열의, 당신의 키스 — 그 손, 그 신묘한 눈도,

숱한 기쁨을 품은 그 따뜻하고 하얀 가슴, 빛나는 가

슴 —

당신 자신—당신의 영혼까지—제발 티끌의 티끌도

남김없이 다 내게 주오, 안 그러면 나 죽겠으니.

혹시 산다고 해도, 당신의 비참한 노예로

쓸모없는 고통의 안개에 갇혀서 삶의 목적을

잊고 말 테니 — 내 마음의 취미도

맛을 잃고, 내 야심도 무색해지고 말 테니!

★ 키츠의 뮤즈이자 약혼녀 패니 브론(Frances "Fanny" Brawne, 1800~1865)
을 말한다. 불행히도, 키츠의 병(결핵)으로 인하여, 둘은 자주 만나지 못
했고, 결혼에 이르지도 못했다.

밝은 별이여

Bright Star

밝은 별이여, 나도 너같이 한결같았으면 —
한밤 드높이 매달린 채 외로이 빛나며
영원한 눈꺼풀을 열고, 자연의 인자(忍者)
잠 못 드는 은자같이, 대지의 인간 해안을
두루 깨끗이 씻어주는 사제 일 수행하며*
출렁거리는 물결을 지켜보고 있거나,
산과 광야에 새로이 내려 소복하게 쌓인
눈 마스크를 마냥 응시하는 게 아니라 —
그게 아니라 — 늘 한결같이 늘 변함없이
내 고운 임의 무르익은 가슴 베개 베고
그 보드라운 오르내림을 영원히 느끼면서
달콤히 설레는 마음으로 영원토록 깨어
언제나, 언제나 임의 다정한 숨소리 들으며
늘 그리 살았으면 — 아니면 망연히 죽었으면.

밝은 별이여

---

* 성찬식 전후에 손과 성기(聖器)를 씻는 의식 '세정식'을 말한다.

조용, 조용히! 사뿐히 밟아요!

Hush, Hush! Tread Softly!

조용, 조용히! 사뿐히 밟아요! 임이여, 조용, 조용히!
온 집안이 잠들었지만, 우리가 너무나 잘 알고 있듯
저 질투쟁이, 질투쟁이 대머리 영감이 들을지 몰라요.
당신이 잠 모자를 씌워 놓았지만 — 아 귀여운 이사벨!
실개천들이 만나 보글거리는 거품을 밟고 춤추는
요정의 발보다 당신의 발이 더 가뿐하지만 그래도 —
조용, 조용히! 발끝으로 사뿐히! 임이여, 조용, 조용히!
저 질투쟁이가 끽소리도 듣지 못하게 나가자고요.

이파리 하나 흔들리지 않고 강물에도 잔물결 하나
없구려 — 온통 고요하오. 밤도 졸음에 겨워 눈을
꼭 감고, 잠을 잊게 하는 걱정도 다 망각한 채
하루살이의 단조로운 윙윙 소리에 홀려서 죽은 듯하고,
달마저 내숭 떠는지 아니면 그새 고분고분해졌는지
자기 침실로 내빼버려서, 어두컴컴한데 등불도 없고
으슥한데 횃불도 없이, 오직 내 이사벨의 눈과
꽃처럼 보드라운 입술밖에 없음을 잘 알고 있소.

빗장을 올려요! 아 조용히! 아 부드럽게! — 내 사랑!

빗장 끈이 조금만 삐걱거려도 우리는 죽은 목숨이오!

잘했소 — 드디어 저 입술과 꽃처럼 어여쁜 엉덩이 —

그 늙은이도 잠들고, 천체들도 눈감아 주겠지요.

오므린 장미꽃도 우리의 사랑을 꿈꾸다가, 깨어나면

활짝 피어나서 아침의 온기를 만끽하겠지요.

들비둘기가 보들보들한 알을 까고 꾸꾸 우는 사이에

나는 입을 맞추고 흥얼흥얼, 내내 뭉클뭉클하겠지요.

성 아그네스 전야

The Eve of St. Agnes*

1

성 아그네스 전야 — 아, 몹시 쌀쌀한 날이었다.

깃털에 휘덮인 올빼미도 추웠다.

산토끼도 오들오들 절뚝이며 언 풀밭을 지나가고

털북숭이 양들도 우리에서 조용하였다.

묵주를 헤아리는 기도승**의 손가락도

얼얼했지만, 서리가 서린 그의 숨결은

낡은 향로에서 피어나는 경건한 향처럼

고운 성처녀의 그림을 지나, 죽음 없는

천국으로 날아가는 것 같았다. 그가 기도를 올린다.

2

---

* 1월 20일, 성 아그네스 축일(1월 21) 전날 밤을 말한다. 성 아그네스는
304년 로마에서 순교한 소녀로, 순결과 소녀의 수호성인이다.

** "기도승"은 후원자에게 보수를 받고 규칙적으로 기도를 해주는 가난한
노인을 말한다.

이 부지런한 성직자가 기도를 올리고는

등불을 들고, 무릎을 일으켜서

맨발의 야위고 파리한 모습으로 서서히

예배당 측랑을 따라 돌아간다.

양쪽에 늘어선 죽은 이들의 조각상들도

연옥처럼 거뭇한 난간에 갇혀 얼어붙는 것 같다.

묵묵한 기도실에서 기도하는 기사와 귀부인들을

지나치는 기도승의 나약한 정신이 낙심한다,

저들은 얼음 같은 두건과 갑옷을 입은 채 얼마나 아

릴까 싶어서.

3

한 작은 문을 지나서 북쪽으로

세 발자국도 떼기 전에, 음악의 금빛 혀가

이 늙고 가난한 이를 기쁘게 눈물짓게 했다.

그러나 아 — 이미 조종이 울린 몸,

한평생의 기쁨들을 다 읊고 노래했으니.

아그네스 전야에 할 일은 모진 참회뿐이었다.

그래서 그는 다른 길로 가서, 괴로운 유골들

사이에 앉아, 자신의 영혼 구제를 위해

또 죄인들을 위해서 애곡哀哭하며 밤새 깨어 있었다.

4

늙은 기도승은 은은한 전주곡을 들었다.

공교롭게도, 부산하게 드나드는 발길에

많은 문이 열려 있었다. 이윽고, 낭랑하게

울부짖는 나팔이 드높이 울려 퍼졌다.

드넓은 방들이 화사한 장식을 마치고,

반짝거리며 수많은 손님을 맞이하고 있었다.

천사 조각상들이, 뒤로 날리는 머리칼,

머리를 코니스*에 기댄 채, 가슴에 날개를

포개고 있는 곳에서 한결같은 열렬한 눈빛으로 굽어

보았다.

5

---

* "코니스"는 건축에서 벽 윗부분에 장식으로 두른 돌출부로, 처마 언저리
의 벽에 수평으로 낸 쇠시리(나무의 모서리나 표면을 도드라지거나 오
목하게 깎아서 모양을 낸 것) 모양의 장식을 말한다.

마침내 은빛의 환락객들이 깃털, 보석 관에
온갖 화려한 치장을 하고서 엄청나게
몰려들었다. 마치 옛 로맨스의 즐거운 무용담들로
갓 채워진 청년의 머릿속을 당당하게 드나드는
환영들 같았다. 그러나 저들은 내버려 두고
그중 한 처녀에게만 생각을 집중해 보자.
그 겨울날 처녀의 가슴은 내내,
나이 든 부인들에게서 수도 없이 들어온
사랑과 날개 달린 성 아그네스의 거룩한 보살핌을
생각했나니.

6

성 아그네스 전야에 젊은 처녀들이
합당한 의식들을 정성껏 치르면
꿀처럼 달콤한 한밤중에
꿈같은 기쁨을 맛보게 된다고,
연인의 다정한 사랑을 받게 된다고 그랬다.
다만, 저녁을 굶고 잠자리에 들어서
백합처럼 하얀 몸을 반듯하게 뉘고,
뒤도 옆도 보지 말고, 눈을 위로 향한 채

하늘에 자신이 바라는 소원들을 빌어야 한다고.

7

생각에 잠긴 매들라인은 온통 이 마음뿐이었다.
고뇌하는 신처럼 갈망하느라, 음악 소리도
거의 안 들렸다. 그녀의 신묘한 소녀 눈은
마루를 응시한 채, 휩쓸며 지나치는 숱한
사람들을 보았지만 — 마음 한 자락 주지 않았다.
여러 기사가 사랑에 빠져서 살그머니 다가왔다가
헛걸음하고 물러났다. 교만한 경멸에 식어서가 아니라
봐주지 않았을 뿐, 소녀의 마음은 딴 데 있었다.
소녀는 연중 가장 달콤한 꿈, 아그네스의 꿈을 그리
고 있었다.

8

그녀는 모호하고 몽롱한 눈빛, 열망하는
입술, 빠르고 짧은 숨결로, 춤을 추었다.
신성한 시간이 다가오고 있었다.

템버린 소리, 모여서 웅성웅성 화내거나

장난치는 사람들의 소리에도, 사랑, 저항,

증오와 멸시의 표정들에도 아랑곳없이

소녀는 상상의 사랑에 빠져 한숨지을 뿐,

죽은 듯이, 성 아그네스와 털북숭이 새끼 양들과

내일 아침이 오기 전에 누릴 온갖 행복을 갈망할 뿐

이었다.

9

그래서, 소녀는 빠져나갈 기회만 엿보며

머뭇거리고 있었다. 그 사이에, 매들라인을

열렬히 사랑하는 젊은 포피로가 황야를

가로질러 도착했다. 그가 달빛이 안 드는

정문 옆에 서서 기도한다.

성자들이여 매들라인을 보게 해주소서

지루한 시간들 중에 한순간만, 숨어서라도

쳐다보며 찬미할 수 있게, 혹시라도, 얘기하고

무릎 꿇고 만지고 키스하게 해주소서 ─ 그런 일들

도 있었으니.

10

그가 잠입한다. 소곤대는 소리들아 다물어라
모든 눈들아 감아라, 안 그러면 일백의 검이
사랑의 열띤 요새, 그의 심장을 맹습하리니.
방들을 차지한 이들은 야만적인 무리,
하이에나 같은 적들과 다혈질의 귀족들뿐,
그들의 개들마저 그의 혈통을 저주하며
맹렬히 짖으리라. 그에게 자비를 베풀 만한
가슴 하나 없는 그 음험한 저택에서
유일한 예외는 몸도 마음도 나약한, 한 늙은 여인뿐.

11

아 다행이어라! 그 할멈이 상아 손잡이의
지팡이를 짚으며 비트적비트적 다가왔다
떠드는 소리 지루한 합창 소리가 아련히
들려오는 홀의 한 널찍한 기둥 뒤에
횃불을 피해서 숨어 있던 그에게로.
할멈이 움찔했지만, 이내 얼굴을 알아보고

바들대는 손으로 그의 손가락을 움켜잡으며
말했다. "아이고, 포피로! 어서 이곳에서 나가게.
오늘 밤 여기에 다 모였네, 피에 굶주린 족속들 천지야!"

12

"나가게! 나가! 난쟁이 힐데브란트도 있네.
최근에 열병을 앓았는데, 발작해서
자네와 자네의 가족, 집도 땅도 저주했지.
늙은 모리스 경도 있는데, 백발만 늘었지
조금도 순해지지 않았어 — 아아! 어서 가게!
유령처럼 사라지라고." — "아 사랑하는 대모님!
이만하면 안전하니, 이 안락의자에 앉아서
방도를 일러줘요." — "아이고! 여긴 안 되네, 안돼.
자, 나를 따라오게, 안 그러면 이 석벽이 자네의 상여
가 될 테니."

13

그는 나직한 아치를 이룬 길로 따라 들어가,

모자에 솟은 깃털로 거미줄을 걷으며 나아갔다.
할멈이 '아이고 ― 이를 어째!' 중얼거리는 사이에
어느 달빛 어린 작은 방에 이르렀는데
흐릿한 격자 꼴의 차갑고 고요한 무덤 같았다.
"자 매들라인이 있는 곳을 말해줘요." 그가 말했다.
"오 말해줘요, 안젤라, 성 아그네스의
양털 옷감을 경건하게 짜는 날, 비밀을 지키는
자매님들만 볼 수 있다는 거룩한 베틀에 걸고 말해
줘요."

14

"성 아그네스! 아! 오늘이 성 아그네스 전야지 ―
하지만 거룩한 날에도 사람들은 살인을 일삼지.
그런 위험을 감수하려면 마녀의 체에 물을
담을 수 있다거나, 온갖 요정들과 선녀들의
왕이라면 모를까. 그런데도 포피로, 자네를
보면 망연자실이네! ― 성 아그네스 전야니까!
신의 가호를! 우리의 고운 아가씨는 오늘 밤
마술사 놀이를 한다네. 착한 천사들이 잘 속여주길!
그래도 잠시나마 웃어보세, 슬퍼할 시간은 많이 남았으니."

15

음울한 달빛에 젖어 할멈은 힘없이 웃고,
포피로는 굴뚝 모퉁이에 앉아있는
할멈의 안경 쓴 얼굴을 바라다본다.
마치 신기한 수수께끼 책을 꾹 덮고 있는
웬 노파에게 넋이 나가 있는 개구쟁이 같다.
그런데 할멈이 아가씨의 속뜻을 알려주자,
그의 눈이 금시에 반짝반짝, 차가운 마법
옛날의 전설에 빠져서 잠들어 있을
매들라인 생각에 절로 솟는 눈물을 가누지 못했다.

16

문득 한 생각이 활짝 핀 장미처럼 떠올라
그의 이마를 붉게 물들이고, 아린 가슴에
자줏빛 격랑을 일으켰다. 이윽고 그가
한 가지 계략을 제안하니, 할멈이 깜짝 놀란다.
"참 무자비하고 불경한 사내로군.

순진한 아가씨는 자네처럼 사악한 사내들과
떨어져서, 착한 천사들과 함께 홀로 기도하다가
잠이 들어 꿈꾸도록 내버려 두고, 가게! 가라고! ―
예전의 그 사람이 맞는지 도무지 믿을 수가 있어야지.”

17

“모든 성인께 맹세코, 해치지 않을게요.”
포피로가 말했다. “고운 고수머리 한 올
흩트리거나 흉악한 욕정으로 그녀의 얼굴을
들여다본다면, 저의 무력한 목소리가 임종 기도를
속삭일 때, 오 제가 은총을 받지 못해도 좋아요.
착한 안젤라, 이 눈물을 보고 믿어줘요.
그러지 않으면, 당장에라도
끔찍한 소리로 내 적들의 귀를 일깨워서
놈들이 늑대나 곰보다 강한 이빨을 가졌대도 맞서
싸울 테요”

18

“아! 왜 자네는 연약한 영혼을 겁주나?

빈약하고 허약한 몸, 중풍 걸려 죽어가는 몸,

한밤이 오기 전에 조종이 울릴 몸으로

매일같이 아침저녁으로 자네를 위한

기도를 빼먹지 않았는데.” — 할멈이 불평하자

열렬한 포피로가 한결 상냥하게 답하는데,

말씨가 하도 애처롭고 깊은 슬픔에 젖어 있어서,

안젤라가 자기에게 복이 오거나 화가 미쳐도

그가 바라는 것이면 뭐든 다 하겠다고 약속하고 만다.

19

아주 은밀하게 매들라인의 방으로

그를 데려가서, 그곳의 아주 비밀스러운

벽장에 그를 숨겨달라는 것이었다.

들키지 않고 아름다운 그녀를 볼 수 있게,

요정 군단이 이불에서 왔다 갔다 하고

흐릿한 마법이 그녀의 졸린 눈을 붙드는

그날 밤, 비길 데 없는 신부를 얻을 수 있게.

멀린이 그의 수호신께 엄청난 빚을 다

갚은 이후로 그런 밤에 연인들이 만난 적은 없었다.

20

"자네가 바라는 대로 하지." 할멈이 말했다.

"이 축제의 밤 그곳에 온갖 산해진미를

금시에 쌓아놓고, 수틀 옆에 아가씨의 류트를

놔둘 테니 확인해 보게. 꾸물거릴 시간이 없네.

느릿하고 나약한 몸에 그런 음식까지 장만하려면

지끈거릴 머리도 도무지 못 믿을 테니까.

자네는 여기서 참고 기다리며 무릎을 꿇고

기도나 하고 있게. 아아! 꼭 아가씨와 결혼하게,

안 그러면 나는 죽어서도 사자들의 무덤을 못 떠날

것이야."

21

그리 말하며 할멈은 부산하고 불안한 마음으로

절뚝이며 떠나고, 연인들의 끝없는 시간은 서서히

흘렀다.

마침내 할멈이 돌아와서 그의 귀에 대고 자기를

따라오라고 속삭였다. 어둠 속에서도
들킬까 봐 겁먹은 늙은 눈으로, 거뭇한
주랑을 슬하게 지나서, 둘은 마침내 무사히
비단결처럼 조용하고 정숙한 처녀의 침실에 도착
한다.
포피로는 그곳에 숨어들어 마음껏 기뻐하고,
그의 가련한 길잡이는 뇌에 학질이 든 듯이 다급히
돌아갔다.

22

떨리는 손으로 난간을 붙잡고서
늙은 안젤라가 계단을 더듬거리고 있는데,
성 아그네스의 마법에 걸린 소녀, 매들라인이
무심결에 일어나, 성령이 보낸 천사처럼,
은빛 촛불을 들고 나와서, 아주 조심조심
발길을 돌려가며 그 늙은 벗을 계단 아래
안전한 평지까지 안내했다. 젊은 포피로여,
이제 저 잠자리를 지켜볼 준비를 하여라.
그녀가 온다. 놀라 달아났던 비둘기처럼, 그녀가 돌
아온다.

23

그녀가 다급히 들어오느라 촛불이 꺼졌고

아련한 연기가 파리한 달빛에 잦아들었다.

그녀가 문을 닫고 헐떡거리는 모습이 꼭

공기의 요정, 자유로운 환영 같았다.

한마디도 해선 안 돼, 그러면 고통이 따르리라!

그러나 속으로, 속으로 하도 열변을

토해서, 보드라운 옆구리가 아릴 지경이었다.

마치 혀가 잘린 나이팅게일이 헛되이

목을 부풀리다가, 가슴이 막혀 작은 골짝에서 죽어가

듯이.

24

그곳에는 높다란 삼중 아치의 여닫이창이

있었는데, 온갖 과일, 꽃과 마디풀 다발을

조각한 형상들이 화환처럼 휘덮이고,

무수한 색상에 눈부신 빛깔, 기기묘묘한

무늬의 창유리들이 다이아몬드처럼 박힌 모습이

불나방의 짙은 연분홍 날개를 보는 듯했다.

그 한가운데에는 수천의 문장紋章,

아련한 성인들과 거뭇한 장식들에 둘러싸인

방패 가문家紋이 많은 여왕과 왕의 피로 붉게 물들어

있었다.

25

겨울의 달이 이 창을 가득히 비추어,

무릎을 꿇고 하늘의 은총과 은혜를 비는

매들라인의 고운 가슴에 붉은 온기를 주었다.

그녀의 합장한 두 손에는 장미꽃이,

은 십자가에는 은은한 자수정이 깃들고,

머리에는, 성인처럼, 후광이 입혀졌다.

마치 날개 대신 새 옷을 입고 천국으로 향하는

눈부신 천사 같았다. — 포피로는 아찔해졌고,

세상 얼룩에서 벗어난 그 순결한 처녀는 무릎을 꿇

었다.

26

그는 이내 정신을 차리고, 저녁기도를 끝낸
그녀는 머리에서 진주 화관 장식을 풀어낸다.
체온에 따듯해진 보석들을 하나씩 벗겨내고
향긋한 보디스를 느슨하게 풀자, 화사한 옷이
와삭거리며 조금씩 내려가서 무릎에 이른다.
그녀는, 해초 속의 인어처럼, 반쯤 몸을 가린 채
잠시 생각에 잠겨 뜬 눈으로 꿈꾸다가, 침대에서
곱다란 성 아그네스를 보는 상상에 젖어 든다.
　그러나 모든 마법이 달아날까 봐 차마 돌아보지 못
한다.

27

이내, 그녀는 따스하면서도 으스스한 잠자리에서
깬 듯이 졸도한 듯이 멍하니 누워 떨고 있었다.
마침내 잠의 나른한 온기가 누그러진 그녀의
팔다리를 무겁게 덮쳤고, 영혼도 지치고 지쳐
괜한 생각처럼 아련하게 사라졌다. 다음 날까지
항구에 정박한 듯 기쁨도 아픔도 말끔히 잊었다.

263

거뭇한 이교도들의 기도서처럼 걸어 잠근 채
햇살에도 빗방울 소리에도 눈을 감고 귀를 막았다,
마치 장미가 꽃잎을 닫고 다시 꽃봉오리가 되려는
듯이.

28

이 낙원에 숨어들어 몹시도 황홀했던
포피로는 그녀가 벗어놓은 옷들을 응시하다가
그녀의 숨소리를 귀여겨들었다, 혹시라도
설핏 잠들었다가 금시에 깨어날까 봐서.
그러나 숨소리를 듣는 순간, 그는 안도의
숨을 내쉬고, 드넓은 황야에 불안이
퍼지듯이 슬그머니 벽장에서 빠져나와
숨죽인 융단을 조용조용 밟고 밟아서
커튼 사이로 엿보았는데, 보라! — 어찌나 깊이 잠들
었는지.

29

그래서 그는 퇴색한 달빛이 어스레한 은빛의

미광을 드리운 침대 옆에 조용히

상을 차리고, 마음을 졸이며, 그 위에 심홍색

금색, 짙은 검은색이 어우러진 천을 깔았다 —

아 모르페우스*의 졸음 부적이라도 있었으면!

떠들썩한 한밤 축제를 즐기는 나팔 소리,

큰북 소리, 멀리까지 들리는 클라리넷 소리가

아득한 소리지만, 그의 두 귀를 겁주는데 —

홀의 문이 다시 닫히더니, 이내 온갖 소음이 사라진다.

30

그녀는 라벤더 향의 부드럽고 하얀 리넨에 싸여

여전히 하늘색 눈꺼풀의 잠을 자고 있었고,

그는 벽장에서 설탕 조림 사과, 마르멜로와

자두와 호박을 꺼내다가 상 위에 차려 놓았다.

크림처럼 굳은 우유보다 부드러운 젤리에

계피 향이 도는 말간 시럽, 큰 상선이

---

*　그리스 신화에서 "모르페우스"는 잠의 신(Hypnos)의 아들로, 꿈의 신을 가리키지만, 보통 잠의 신으로 통한다.

페즈*에서 실어 온 꿀과 대추야자에

　비단의 고장 사마르칸트에서 삼나무 무성한

　레바논까지** 각지의 향신료로 맛을 낸 진미들이 더

해졌다.

31

　그는 열띤 손으로 이런 진미들을

　금 접시들과 화환 장식의 반짝이는 은 바구니들에

　수북이 담았다. 한밤의 한적한 고요 속에

　호화롭게 쌓여 있는 음식들이

　싸늘한 방 안을 그윽한 향기로 채운다.

　"이제, 내 사랑, 나의 고운 천사여, 깨어나시오!

　당신은 나의 하늘, 나는 당신의 은자隱者.

　온순한 성 아그네스를 위하여 눈을 뜨시오,

　안 그러면 나도 당신 곁에서 졸 테니, 내 마음 그토

록 간절하니."

---

* "페즈"는 모로코 북부의 도시로, 옛 이슬람 왕조의 수도였다.
** "사마르칸트"는 우즈베키스탄공화국의 오래된 오아시스 도시.

32

그렇게 속삭이는 그의 다정하게 늘어진 팔이

그녀의 베개를 파고들었다. 그녀의 꿈에

흐릿한 커튼이 드리워져 있었다. — 언 냇물처럼

녹일 수 없는 한밤의 마법 같은 꿈이었다.

빛나는 쟁반들이 달빛에 어른거리고

널찍한 금술 장식의 천이 융단을 덮고 있는데,

그토록 확고한 주문을 풀고 연인의 눈을

뜨게 할 방도가 도무지 도무지 없을 것 같았다.

그는 잠시 생각에 잠겼다가, 얽히고설킨 공상들에 사
로잡힌다.

33

그가 정신을 차리고 움푹 팬 류트를 잡고는 —

거칠게 — 그러나 아주 부드러운 가락으로

오랫동안 불리지 않았던 프로방스의

옛 민요 '무정한 미녀'를 연주하였다.

그녀의 귀 가까이에서 타는 그 선율에 —

동요한 그녀가 나직한 신음을 토했다.

그가 멈추자 — 그녀가 거칠게 헐떡이더니 — 확
겁먹은 파란 눈이 열리며 반짝거렸다.
순간 무릎이 주저앉은 그는 반반하게 조각된 돌처럼
창백했다.

34

눈도 뜨고 잠도 다 깼는데, 그녀의 눈에
여전히 잠속의 환영이 보였다.
그런데 뭔가가 달랐다. 그리 맑고 강렬한 꿈의
축복들을 다 물리칠 만큼, 가슴 아픈 무언가를
깨달은 고운 매들라인이 울기 시작했다.
구슬픈 무의미한 말들에 숱한 한숨을 내뱉으며
시선은 여전히 포피로를 향하고 있었다.
무릎을 꿇고 두 손을 모은 채 가엾은 눈빛으로
움직이지도 않고 말도 없는, 그를 꿈결처럼 바라보았다.

35

"아, 포피로!" 그녀가 말했다. "방금까지도

당신의 목소리가 내 귀에 달콤하게 떨렸는데

아주 달콤하게 맹세하는 노래가 되었는데

그 슬픈 두 눈도 고결하고 맑았는데,

이리 변하다니! 이리 창백하고 차갑고 울적하다니!

나의 포피로, 다시 그 목소리를 들려줘요

그 불멸의 눈길, 그 귀여운 불평들도요!

아 나를 이 영원한 비애에 빠뜨리지 마세요.

내 사랑, 당신이 죽으면, 나에게는 갈 곳이 없어요.”

36

이렇게 도발적인 말에 깊이 감동해서

초인이라도 된 듯이, 그가 일어나서

영묘하게 빛났다. 마치 사파이어 빛깔의 하늘

깊은 고요 속에서 두근거리는 별 같았다.

그가 드디어 그녀의 꿈속으로 녹아들었다

마치 장미꽃이 제비꽃과 향기를 뒤섞어 —

향긋한 용액이 되듯이. 밖에서는 서릿바람이

사랑 신의 자명종처럼 매서운 진눈깨비로

창유리를 두들기고, 성 아그네스의 달이 졌다.

37

까만 밤, 진눈깨비가 질풍에 날려 세게 두드린다.
"이건 꿈이 아니오, 나의 신부, 나의 매들라인!"
까만 밤, 얼음처럼 찬 돌풍이 사납게 몰아친다.
"꿈이 아니라니요, 아아! 아아! 슬퍼라!
포피로는 떠나고 나는 여기서 시들어 가겠구나.
잔인하구나! 어떤 배신자가 여기로 데려왔나요?
내 가슴이 당신의 품에서 길을 잃었으니
속아 넘어간 나를 버려도 탓하지 않을게요 —
병든 날개를 방치하다가 쓸쓸히 버려진 비둘기 같은
몸이니."

38

"나의 매들라인! 고운 몽상가! 사랑스러운 신부여!
내가 영원한 당신의 기사로 축복받을 수 있겠소?
당신의 미를 지키는 주홍색 심장 모양의 방패로?
아, 은빛 성지, 여기서 쉬겠구나
숱한 시간의 고생길 원정길 끝에

기적적으로 구원받은 ― 굶주린 순례자처럼.

드디어 찾아냈지만, 당신의 보금자리에서

어여쁜 당신만 훔쳐 가겠소. 고운 매들라인,

당신이 나를 믿어준다면, 절대 무례한 이교도가 아니

라고."

39

"들어보오! 요정 나라의 요정-폭풍 소리,

사나운 듯하지만 실은 축복의 소리라오.

일어나요 ― 일어나! 이제 곧 아침이요 ―

과음한 술꾼들은 신경 쓰지 않을 테니 ―

떠납시다, 내 사랑, 기쁘게 서두릅시다.

듣는 귀도 없고 보는 눈도 없소. ―

다들 라인 포도주와 졸리는 꿀 술에 빠졌으니

깨어나시오! 일어나요! 내 사랑, 두려워 마오

남쪽의 히스 벌판 너머에 우리의 집을 마련해 뒀으니."

40

온 사방에 창을 곧추세우고 눈알을 부라리며

감시하는 용들이 자고 있기에, 잔뜩 겁은

났으나 그의 말대로 그녀도 걸음을 재촉해서 —

둘은 너른 층계 밑의 어둑한 길에 이르렀다.

온 집 안에서 사람 소리 하나 들리지 않았다.

사슬에 걸린 등불들도 방문마다 깜박거렸다.

기수騎手, 매와 사냥개 무늬를 넣어서 화려한

벽걸이가 요란하게 들이닥친 바람에 퍼덕거리고

마루에 길게 깔린 융단들이 휘몰아치는 바람에 들썩

거렸다.

41

둘은 유령처럼 슬그머니 넓은 홀로 들어가서

유령처럼 슬그머니 철 대문에 다다른다.

그곳의 문지기도 다 비운 큰 술병을

옆에 끼고 불안하게 널브러져 있었다.

빈틈없는 블러드하운드가 일어나서 몸을 떨었으나

개의 영리한 눈이 주인을 알아본다.

그가 빗장들을 하나, 하나 쉽사리 벗겨낸다 —

사슬들이 발길에 닳고 닳은 돌에 조용히 쌓인다 —

열쇠가 돌아가고, 대문에 달린 경첩들이 신음을 토한다.

42

그렇게 둘은 사라졌다. 그랬다, 아주 먼 옛날
이 두 연인은 폭풍 속으로 달아났다.
그날 밤 남작男爵은 숱한 재난을 꿈꾸었고
그의 전사 손님들도 마녀와 마귀와
커다란 송장벌레의 망령과 허상이 등장하는
악몽에 오랫동안 시달렸다. 늙은 안젤라는
야위고 흉한 얼굴, 중풍에 씰룩거리다가 죽고,
기도승도 천 번의 기도를 올리고
찾는 이 없는 싸늘한 잿더미로 묻혀 영원히 잠들었다.